国民阅读文库

彩图版中国历史故事系列
Illustrated Chinese History Stories

元朝故事

韩震 ◎ 主编

吉林出版集团股份有限公司

图书在版编目(CIP)数据

元朝故事 / 韩震主编. —长春：吉林出版集团股份有限
公司，2011.1(2024.2 重印)
(国民阅读文库·彩图版中国历史故事系列)
ISBN 978-7-5463-4582-6

Ⅰ.①元… Ⅱ.①韩… Ⅲ.①中国－古代史－元代－通
俗读物 Ⅳ.①K247.09

中国版本图书馆 CIP 数据核字(2010)第 254558 号

元朝故事　　韩震　主编

出版策划：崔文辉	**特约审稿**：尚尔元	
选题策划：赵晓星	**文字撰写**：蔡玉奎	
责任编辑：刘虹伯	**设计制作**：永乐图文	
责任校对：郝秋月　刘晓敏	**插图绘制**：北京星蔚时代	

出　　版：吉林出版集团股份有限公司
　　　　　（长春市福祉大路 5788 号，邮政编码 130021）
发　　行：吉林出版集团译文图书经营有限公司
电　　话：总编办 0431-81629909　营销部 0431-81629880/81629881
印　　刷：三河市华阳宏泰纸制品有限公司
开　　本：787mm × 1092mm　　1/16
印　　张：10
字　　数：120 千字
版　　次：2011 年 1 月第 1 版
印　　次：2024 年 2 月第 6 次印刷
定　　价：49.80 元

如发现印装质量问题，影响阅读，请与印刷厂联系调换，电话 13313168032

总　序

　　人们常说开卷有益，因为读书可以让人分享更多的经验、了解更多的知识、感悟更多的情感、领会更多的道理、内化更多的智慧。作为人类进步的阶梯，人类须臾不能离开图书的支撑。

　　图书的力量是由语言所内涵的经验、知识、思想、文化和智慧构成的。作为万物的灵长，人类命定是与语言联系在一起的。语言是人类精神生存的家园。如果说口头语言扩展了人类交流经验知识的内涵，文字语言却进一步使人类理智具有了超越时空的力量。图书，无论介质怎样，也不管形式如何，都无非是把文字语言加以整理保存下来的形式而已。有了图书，在前人那里或他人那里作为认识结论或终点的知识，都可以成为我们进一步探索的起点。假如没有图书，知识将随着掌握者肉体的死亡而消失；有了图书，所有的知识都可以积累起来，传递下去。

　　图书所体现的文字语言的力量，是通过阅读形成的。阅读，或同意、或保留、或质疑、或辩驳，都可以激活人们的思想力、想象力、创造力，都可以感染人们的人性情怀和情感世界。文字符号必须通过与鲜活头脑的碰撞，才能擦出思想的火花。只有通过阅读，冰冷的符号才能迸发出智慧的火焰。因此，图书不只是为了珍藏，更是为了人们的阅读。各种媒介的书写——甲骨文、竹简、莎草纸、牛皮卷、石碑、木刻本、铅印本、激光照排、电子版——都须在人们的阅读中，才能发挥传递知识、传承文明、激发智慧的功能。

　　阅读犹如划破时空边界的闪电，使知识的传递和思想的交流不再限于一定时空体系内面对面的直接的人际交流。在这个意义上，读书已经构成超越时空的力量。

　　阅读是照亮晦暗不明的历史档案馆的明灯。通过文字的记载、叙述与说明，书籍使人类的知识、思想、情感和文化跨越了历史的长河，形成了文化传承的绵延纽结。通过阅读，我们可以与古代的先哲前贤进行思想对

话。阅读《诗经》，似乎是让我们穿越时空隧道，回到几千年前的远古时期，感悟古代神州各地先民的所求所望；阅读经典，也能够让我们与老子、孔子、庄子、孟子、韩愈、柳宗元、苏轼、朱熹、康有为、梁启超、孙中山等无数先哲对话切磋……

阅读是连通不同文化之间鸿沟的桥梁。通过读书，我们不仅了解了中国古代思想家的理想与追求，还了解了古希腊苏格拉底、柏拉图、亚里士多德等哲学家的关注与思考；通过读书，我们知道了洛克、伏尔泰、狄德罗、卢梭、康德等启蒙思想家的探索与呐喊；通过读书，我们也可以与非洲、拉丁美洲、欧洲的人们一起，对现代世界或感同身受，或看法不一……

阅读关系每个国民的科学素质和文化素养。读书往往决定一个人的文化修养、知识广度和思想境界。阅读，让我们与伟大的心灵对话，与智慧的头脑同行。有了阅读，每个人都可以站在巨人的肩上！阅读，不仅让人有知识，而且有文化；不仅有能力，而且有智慧；不仅有头脑，而且有心灵。所以，人们说，书读多时气自华。在一定意义上说，你阅读什么书，你就是什么人；你的阅读水平，也就是你作为人的生存状态或生存样式。谁阅读的书更多些，谁的知识视阈也就更广阔些；谁阅读的书更多些，谁的精神世界也就更丰富些。

阅读关系一个民族的素质和质量，影响一个国家的前途和命运。如果说一个不读书的民族是没有希望的，那么善于读书、勤于阅读的民族才会有光明的未来。国民阅读能力和阅读水平，在很大程度上决定一个民族的基本素质、创造能力和发展潜力。善于阅读的民族，才能扬弃地继承本民族的优良文化传统，才能批判地吸纳世界各国最优秀的思想成果。一个民族的精神发育史，就是一个民族的阅读史。如果说阅读可以让一个人站在巨人肩上前行，那么一个善于阅读的民族就是站在人类文化成果的最高峰进步。在这个意义上，实现中华民族伟大复兴的愿景就有赖于全体国民的阅读。

历史早已证明：无论是传承传统文化，还是引进外来文化，无论是学习已有的知识，还是探索新的可能，图书都是不可或缺的有效载体或工具。但图书的作用不能仅仅是静静地摆在图书馆的书架上，而是让所有国民有更多的阅读机会。让更多的人有更多的阅读机会，就成为摆在我们面前的愿景。

吉林出版集团推出《国民阅读文库》，可谓应运而生，恰逢其时。这套内容丰富、体系宏大的丛书，面向全体国民一生的阅读需要，以通俗易懂、简洁明快、图文并茂的方式，辅以光盘等现代数字媒介，着眼国民需要，方便大众阅读。其受众对象，从幼儿到老年、从农民到工人、从群众到干部，包括所有群体，无一遗漏；其内容涵盖，从哲学社会科学、自然科学至日常生活、艺术审美、休闲娱乐，无所不包。编辑出版这套丛书，目的就是为了更有效地弘扬中国传统文化的精髓，吸纳全人类优秀文化的精华，传播人类最新知识和思想文化成果。

总之，这套丛书按照系统的整体思想，提出自己的独特出版规划，全面涵盖了读者群体与知识领域；这样的出版规划，旨在为全体公民提供一生的文化营养，构筑新时代国民的精神家园。希望有更多的人，流连于这片知识的海洋，漫步在这块思想的沃土，在这里汲取营养，在这里学习知识，在这里滋润情感，在这里丰富心灵，在这里提升能力，在这里升华理想。

祝愿各位读者与《国民阅读文库》同行，做一个终生阅读者，在阅读中获得快乐，在阅读中得到成长，在阅读中寻找成功，在阅读中度过有意义的人生！

前言

　　中华民族是一个有着五千年历史的文明古国，在漫漫的历史长河中，深深地烙下了自己的印迹。每一个重大的历史事件，每一位英雄伟人，就像是历史长河中的一幅图片，编织着五千年的历史画卷，见证着伟大民族的兴衰历程。

　　少年是国家的栋梁、民族的希望。在竞争激烈的当代，中国能否成为顶尖的世界强国，全在于少年的努力——"少年强则国强"。而历史是少年最好的老师，它像一面镜子映射出中华民族五千年的兴衰荣辱，我想每一个热爱生活的少年，都应该去了解祖国的历史，了解那些惊心动魄的历史画面和叱咤风云的时代缔造者。少年只有了解了中华民族的发展轨迹，才能从前人身上吸取经验和教训，从而更深刻地认识自己，正视现实，展望未来。

　　出于上述的目的，我们编纂了这套丛书。针对少年儿童的阅读兴趣，略去了传统中国通史严肃的叙述方式和枯燥的记叙手法，而选取了历朝历代最具特色的人物及历史事件；用生动的语言，以讲故事的叙事方法，将一个个历史事件娓娓道来。让小读者在阅读故事的同时，不知不觉便了解了中国几千年辉煌的历史。另外，为了消除阅读障碍，我们特别给生僻字标注了拼音；为了扩展知识面，我们特别增加了知识链接的小栏目。

　　读史使人明智，鉴史可知兴衰。到达知识的彼岸，需要我们不懈地努力，"路漫漫其修远兮，吾将上下而求索"，真心地祝愿我们的少年朋友能够在这套丛书中学到知识，增长见识，为中华民族的腾飞贡献自己的力量。

目录

铁木真的崛起

　　提到元朝的历史，我们就永远不可避免地会想到一代天骄成吉思汗，如果没有成吉思汗统一蒙古，就不会有中国历史上版图最大的大元朝。

　　成吉思汗，本名铁木真，孛儿只斤氏，蒙古帝国大汗，其孙忽必烈建立大元朝后，1309 年 11 月，元武宗追成吉思汗庙号为太祖。史家因此称成吉思汗为元太祖，1206 年为太祖元年。

　　在铁木真出生的年代，广阔的蒙古高原上分布着许多大小不等的部落或部落联盟，如蒙古、塔塔儿、篾(miè)儿乞等，其中最强盛的、社会发展程度最高的部落集团，是漠北中部的克烈部和西部的乃蛮部。这些部落的首领们，为了

掠夺邻部的财富和奴婢，为了复仇，或者由于金朝统治者的挑拨，长时期进行着相斗、厮杀。

1162 年，蒙古乞颜部的酋长也速该的妻子生了一个男孩。这个孩子出生的时候手里紧紧地握着一块凝固的血块，在蒙古人看来，这个孩子将来一定会是一个不平凡的人物。当天，也速该带领部众袭击塔塔儿人的部落，取得了胜利，并抓获了两个俘虏，其中有一个就叫铁木真。为了纪念这次胜利，也速该就给自己刚刚出生的儿子起名为铁木真。

铁木真 9 岁时，也速该替他与弘吉剌(lá)族人德薛禅的女儿孛(bó)儿帖定了亲，并亲自把铁木真送往德薛禅家。在从德薛禅家往回走的路上，也速该感到肚子饿得慌，想找点东西吃，正好看见有一批塔塔儿部人在草原上举行宴

会。他正在瞧着，已有塔塔儿人邀他入席。也速该生性粗豪，又因路上饥渴，就不管什么好歹吃了起来。塔塔儿人认出了这是仇人也速该，就偷偷地在他的饭菜里下了毒。也速该在离开宴会回家的路上，肚子疼得支持不住，才想到刚才在宴会上中了毒，但是懊悔也来不及了。他忍着疼痛赶回家里，但很快就咽了气。

也速该一死，他的属部和武士们看到乞颜部渐渐衰落，就纷纷离开了，只有蒙力克父子仍遵守也速该遗言，留心照顾。原来归附也速该的泰赤乌部也脱离了他们，还带走了不少也速该的奴隶和牲畜。过了几年，泰赤乌部逐渐地发展壮大起来，他们的首领始终害怕铁木真长大后会来报复他，就想把铁木真捉来杀掉。

有一天，铁木真兄弟姐妹几人在山中游猎，泰赤乌部的人得到了消息，他们就派大队人马来捉铁木真。铁木真一看不好，就对自己的弟弟别勒古台说："他们是来捉我的，人又多马又快，我们不好逃，你先带着弟弟妹妹们往部落跑，我去把他们引开。"别勒古台一看形势确如哥哥所说，就带着弟弟妹妹先逃了，铁木真引着泰赤乌部的人逃到了帖儿古捏山，钻入丛林。泰赤乌人不敢进去，只在四周围守着。铁木真在山中一躲就是九天九夜，实在耐不住饥渴，牵马出来，慢步下山。猛听得一声呼哨，他连人带马跌入陷坑，被捉住了。

幸运的是这个时候夏天刚到，泰赤乌部依照惯例在斡(wò)难河边设宴游乐，无暇把铁木真处死，只是给他戴上木枷关在营中，令一老弱小卒守着。铁木真趁看守不防备，举起木枷把看守砸昏了，逃了出来。并在奴隶锁尔罕的帮助下，逃回了家中。

回家后，为防止再次遭到袭击，铁木真和他的母亲、弟妹又躲进深山里，并和孛儿帖结了婚，以便取得弘吉剌族人的支持。可是，婚后不久，铁木真就

遇到了篾儿乞人的袭击，在仓皇逃命的时候，他的妻子孛儿帖被篾儿乞人俘虏了。

这几年的磨难使铁木真懂得了单凭自己的力量是不能战胜敌人的，只有利用各个部落间的矛盾，团结一些部落的首领，才能壮大自己的力量，打败敌人。于是，他忍痛将妻子孛儿帖的嫁妆黑貂裘献给了克烈部的首领王汗。王汗见着他，非常欢喜。铁木真将皮裘呈上，并说："你老人家与我父亲从前很是投契，见你老人家就与见我父亲一般！今来此没有什么孝敬的，只带来皮裘一件奉与你老人家！"

王汗大喜，收了皮裘，并问他目前状况。等铁木真说完，他说："你离散的百姓，我当与你收拾；逃亡的百姓，我当与你团聚。你不要担忧，我一定会尽心尽力帮助你的！"铁木真磕头道谢。后来他又与札答阑部落的首领札木合结为兄弟。在取得他们的支持后，他们联合出兵击败了篾儿乞部，夺回了孛儿帖。

通过这次战争，铁木真夺回了众多部众，力量逐渐壮大。1189年，铁木真28岁，被乞颜氏贵族推举为可汗，成为蒙古乞颜部的首领。于是，铁木真从属民及奴仆中选拔自己的亲信组成"那可儿"，这支以"那可儿"为核心的队伍，成为铁木真统一蒙古高原军事力量的基础。至此，铁木真的力量开始在蒙古草原上逐渐地崛起了。

成 吉 思 汗

成吉思汗（1162～1227年），名铁木真，姓孛儿只斤，乞颜氏，蒙古人。1206年，被推举为蒙古帝国大汗，统一蒙古各部落。在位期间，征服地域西达黑海海滨，东括几乎整个东亚，建立世界历史上著名的横跨欧亚两洲的大帝国。1995年12月31日，成吉思汗被美国《华盛顿邮报》评选为"千年风云第一人"。

铁木真为父报仇

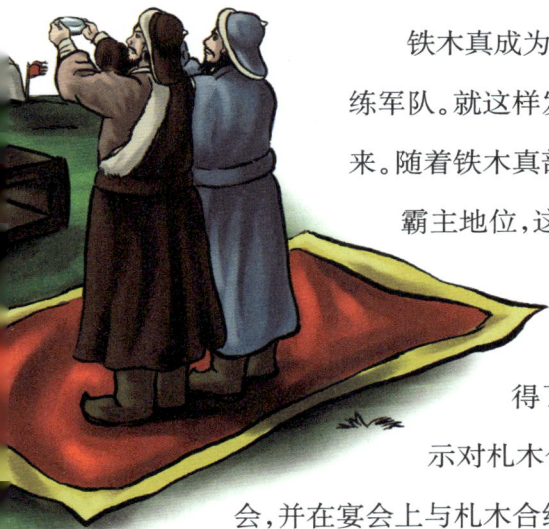

铁木真成为乞颜部的首领后，举贤任能，招募勇士，训练军队。就这样发展了几年，铁木真的部落渐渐强大了起来。随着铁木真部落的逐渐强大，日益危及到了札木合的霸主地位，这令札木合心中非常不高兴。

原来，当初对蔑儿乞部的战争，铁木真是在札木合和王汗的帮助下才取得了胜利，抢回了妻子孛儿帖。当时为了表示对札木合和王汗的感谢，铁木真举行了盛大的宴会，并在宴会上与札木合结成安答和盟友。铁木真是个实在人，结盟之后，为了能和札木合安答朝夕相处，他决定带着自己的部众和札木合的札答阑部一起游牧。

本来对蔑儿乞人的战役是由札木合指挥领导的，然而战役胜利后却成就了铁木真在草原上的英名，这让札木合的心里很不舒服。这是因为铁木真家族是黄金家族孛儿只斤氏族的嫡传，札木合却是札剌儿人的嫡传，祖上的札剌儿人却是黄金家族孛儿只斤氏族的世代奴隶！而且慕名投靠铁木真的人越来越多。随着乞颜部族的声望越来越高，力量越来越大，札木合的脸色也变得越来越难看了。那一刻，札木合那根敏感的自卑神经被猛烈地刺痛了，血液在体内沸腾燃烧，化作满腔的委屈和愤怒。他要证明，他的血液和铁木真的一样高贵，札达阑人也能成为大草原的主人！

不久后的一天，札木合和铁木真闲坐，札木合不经意地对铁木真说了一句

话："靠山的百姓因为山林的庇佑，有野兽可以吃；靠河的百姓因为河流的滋养，有鱼虾可以吃。"之后便什么也没有再说。

当时铁木真没有作声，札木合也没再说什么。等到诃额仑夫人和孛儿帖到来时，铁木真向母亲和妻子讲了札木合的话。诃额仑夫人没有立刻做出反应，孛儿帖马上说："我听人家说，札木合这个人喜新厌旧，今日嫌弃我们，明天也许就会图谋我们了！"

铁木真听了孛儿帖的话，开始并没有太过在意，只当作是一句玩笑话。过了半月，一天早晨，札木合没有通知铁木真就独自开拔起营，弃他而去，铁木真准备起营追赶，孛儿帖又一次提醒他："草原上，两个都要称汗的人为什么非要绑在一起呢？狼群里绝不会有两只狼王，所以你不必追他！"

铁木真和札木合分开以后，通过努力，他团结了各部首领，结交了许多朋友，力量大增。后来因为札木合的弟弟抢夺铁木真部落的马群，被铁木真部下杀死，而使双方终于发生了冲突。札木合联合了塔塔儿部、泰赤乌部与邻近各部落共13部，合兵3万，进攻铁木真。铁木真也不肯示弱，把部下的3万人马分成13支队伍，抵抗札木合的进攻。双方在斡难河边的草原上展开了一场大战，最后铁木真的实力还是稍差一点，败退了。札木合把抓住的战

俘成批杀害。这件事引起札木合部下的不满,纷纷脱离札木合投奔铁木真,铁木真虽然打了败仗,实力反而更壮大了,最后击败了札木合。

金朝建立后,与铁木真有杀父、刃祖之仇的塔塔儿部因自恃强大,不服金朝的统治,连年骚扰金朝边界。1196 年,金朝大兴问罪之师,派丞相完颜襄统率大军对塔塔儿人进行大规模讨伐。塔塔儿人不敌金军,争先恐后地向浯(wú)勒札河方向逃窜。老谋深算的完颜襄丞相派使者通知铁木真,希望他能与金军配合,从西面截击这些丧家之犬。铁木真得到消息后,说:"塔塔儿人曾经毒害我的父亲,到如今大仇都没有报,如今正好趁这个机会,前去夹攻。"铁木真决定接受金朝的邀请,采取联合金朝,夹攻塔塔儿的策略,先集中力量打败自己身边的敌人。为确保胜利,铁木真同时派人与克烈部联系,希望义父王汗率军参战。王汗不负厚望,率师与铁木真的军队会合了。铁木真与王汗按照部署的战略,各自率领部队疾速东进,在翰里札河一带,趁塔塔儿人未站稳阵脚,与金军形成对塔塔儿的夹攻之势。铁木真、王汗、金朝的联军,火弩齐发,经过一番激战,攻破了塔塔儿人的两个据点,塔塔儿部的首领蔑兀(miè wù)真被杀。联军掳走了塔塔儿人大量的人口、牲畜和财富以及车马粮饷。从此,塔塔儿部走向衰落。战后,金王朝授予铁木真官职,使他可以用金王朝属官名义号令蒙古部众。

札 木 合

札木合,蒙古札达阑部首领,被称为古儿汗。曾与铁木真结为安答,并与克烈部王汗一起支持铁木真恢复旧部。他与铁木真都是蒙古的酋长,都希望统一蒙古。他是铁木真的主要对手之一,二人曾在蒙古草原上对立。后来虽然札木合败在铁木真的手下,但不论是蒙古还是中原的历史对他的评价都非常高。

蒙古统一

铁木真、王汗与金朝联军击败塔塔儿部以后，札木合于1201年召集11部领袖参加会议，商讨对付铁木真和王汗。这11部中，有泰赤乌部、弘吉剌等7部，他们是尼伦蒙古人——真正的蒙古人，还有乃蛮、塔塔儿、蔑儿乞等4部，他们一直是铁木真强大的敌人。11部的首领一致推选札木合为"古儿汗"，然后杀"五畜"（牛、马、羊、狗、羊），并且发誓与铁木真战斗到死！而铁木真与王汗的联军在作好充分准备之后就沿着克鲁伦河进发了，在一个叫阔亦田的地方，双方发生激战。11部联军分开来看都强悍非常，然而他们组成的联盟乃是临时拼凑，缺乏有效的组织，这使得他们未能发挥最大的战斗力。而王汗和铁木真的联军则不然，这一对义父子之间发生了太多的故事，一路风风雨雨走过来，铁木真的忠诚使得这一联盟最终建筑在磐石之上，牢固而且富有力量。那是一个风雪交加的日子，王汗和铁木真顺风出击，11部联盟败退，各部残兵四处逃窜。最后，札木合被王汗追击得走投无路，就通过王汗的儿子桑昆投降了王汗。

阔亦田之战后，强大的外患基本消灭，蒙古高原东部虽然部族林立，但是再也没有一面旗帜胆敢立在铁木真的对面。连札木合的势力也淡出蒙古东部和呼伦贝尔草原。此时唯一的障碍是塔塔儿人。塔塔儿人和蒙古人之间的仇恨，三天三夜也讲不完。1202年的秋天，铁木真决定举起复仇的大旗。为了确保战斗的胜利，他禁止私自掠夺财物。此刻的塔塔儿人已是日薄西山，气息奄奄。铁木真马鞭所指，所向披靡。塔塔儿人很快被打败。随着铁木真的屡战屡胜，越来越多的部落首领开始警惕他的强大。

　　岁月匆匆，一转眼铁木真的长子术(zhú)赤已经成年，铁木真为他向王汗的孙女求婚，但骄横自大的王汗父子并不把铁木真放在眼里，拒绝了他。遭此污辱，铁木真终于下了决心，不再做王汗驯服的臣子了。这事被札木合知道了，他立即挑拨王汗说："铁木真想背叛您，他与您的敌人太阳汗已经秘密通信很久了，这是我亲眼目睹的。"王汗起初不信，但禁不住他多次挑拨，终于听信了札木合的谗言。两人定了一条毒计，派人告诉铁木真说王汗已经答应了铁木真的求婚，请铁木真来吃定亲筵席。铁木真信以为真，立刻带随从去赴宴。结果途中，他的坐骑总是赖着不走，一个劲儿抖动身体，想要把主人掀落马下。铁木真先是气愤，后来终于感到有一种不祥之兆，便对王汗使者说："我的马累了，我要等它休养好再去，就让我的随从先去准备吧。"就这样，他遣回了使者，回到了驻地，这才奇迹般地免了一死。

　　札木合一计未成，又生一计。他劝王汗趁铁木真毫无防备

时秘密出兵,袭击铁木真。恰巧,他的话被王汗的一个侍卫听到了。他回家告诉了自己的妻子,而他的妻子正是铁木真部落里嫁过来的人。她立刻快马传书,报告了铁木真。尚未完成战备的铁木真不得不放弃辎重,以轻骑迎战克烈部大军于合兰真沙陀。双方拥有草原上最强盛的骑兵,一时难分高下,战争打得格外惨烈。但克烈部毕竟兵多将广,加之备战已久,铁木真的蒙古骑兵略逊一筹。当夜幕降临的时候,铁木真率领部队悄悄地从战场上撤退了。

　　合兰真沙陀之战后,铁木真的部队只剩下了两千多人。王汗虽然重创铁木真,几乎灭掉蒙古部,但随后的札木合叛乱也给克烈部带来了沉重的打击。1203 年的秋天,恢复兵力的铁木真从班朱尼河进军斡难河。一天,他探知王汗正搭起金帐,宴饮欢娱,毫无防备,他便带大军偷袭王汗,秘密包围了王汗驻

地,突然发起进攻。经过三天三夜的激战,终于击溃了王汗的主力,王汗带着残兵狼狈逃窜。

王汗的覆灭,使乃蛮部的太阳汗震惊。他急忙纠集被铁木真击溃的札木合残部及泰赤乌、蔑儿乞等部残余势力,共同进攻铁木真。1204年春,铁木真率大军西进,太阳汗亦领兵东进,两军决战于蒙古中部的杭海岭附近,太阳汗受伤被擒,不久死去,乃蛮联军大败。铁木真攻灭乃蛮南部太阳汗部,乘胜追击。残余的蒙古部贵族的势力和蔑儿乞三部之余众,相继被征服。

在这场战争中,札木合终于难逃厄运,被自己的随从抓住送给了铁木真。在金帐中,铁木真处死了卖主求荣的随从,含泪从怀里掏出了当年与札木合结拜时的信物——小弓小箭,还给了札木合。札木合面无表情地接了过来,把铁木真送给他的石弹也还给了他。铁木真对他说:"札木合安答,我杀了你的随从为你报了仇。可是你一直与我为敌,今天我们已断绝了结义之情,我只有杀了你才能以正军法。"札木合低下了头,因为嫉妒,他终于送了命。

至此,西起斡难河上游,东至大兴安岭以西的蒙古高原,都被铁木真控制了。1206年,蒙古各部落首领在斡难河边举行了一次盛大的集会,公推铁木真做全蒙古的大汗,并且给他上了一个称号,叫成吉思汗。成吉思汗统一蒙古后,结束了蒙古高原部落之间争雄相斗的混乱状态。原来散漫的、互相敌对的部落统一起来,结成一个坚固的、纪律森严的国家。从此,给蒙古社会以秩序和安宁,为蒙古社会的发展创造了有利条件。

术赤 术赤(1177～1227年),成吉思汗与正妻孛儿帖所生长子,又译拙赤、约直等。元世祖追谥为元穆宗道宁皇帝。曾随成吉思汗南征北战,术赤去世的时候是51岁,术赤的次子拔都承袭汗位。

成吉思汗南征西讨

成吉思汗即位以后，建立了军事和政治制度，使用了蒙古文字，使蒙古成了一个强大的汗国。国力强大后，成吉思汗就开始发动了对周边国家的战争。

成吉思汗的第一个目标是西夏，西夏国主不得不发兵抵抗，令太子做元帅，派高令公做副手率兵据守乌梁海城。蒙古兵一到城下，高令公出城迎战，不到数个回合，被蒙古兵活捉了去。蒙古军一阵猛攻，吓得西夏太子乘夜开了后门，抱头鼠窜而去。西夏太傅西壁氏走慢了一步，又被蒙古军生擒了去。蒙古军夺了乌梁海城，随后进攻克夷门，如入无人之境。夏将明威令公不顾生死，带了兵马前来拦阻，也被拿去。此后蒙古军长驱直入，围攻夏都。西夏国主焦虑得很，一面派人到金朝求援，一面召集全国人马守卫城池。蒙古军攻了数次，因城池坚固，急攻不下；成吉思汗想了一计，命人掘坏河防，将城外的河水灌入城中。不想堤防一溃，大水奔流，城中没有淹没，城外先已泛滥，成吉思汗只得撤围，另派文臣额特入都招降。西夏国主等待的援军迟迟不来，只好投降，并把爱女察合献与成吉思汗。此时为 1209 年。

西夏投降后，国主迁怒于金朝见死不救，就遣使去见成吉思汗，怂恿成吉思汗讨伐金朝。成吉思汗正准备攻金，得了此信就加紧准备。原来蒙古强大起来后，金朝还把蒙古当作它的附属国，要成吉思汗向他们进贡。成吉思汗早就想要改变这种屈辱的地位了。正在这时，金章宗死了，太子完颜永济即位，派使者到蒙古下诏书，要成吉思汗下拜接受。成吉思汗问使者新皇帝是谁，使者告诉他是永济。成吉思汗轻蔑地吐了一口唾沫，说："我原来以为中原的主人必是天上一样的人物，像这种庸碌无能的人也配做皇帝？"说罢，就把金朝的使者丢在一边,自己上马走了。打这以后,成吉思汗就跟金朝决裂了。

1211年,成吉思汗一切准备就绪,于是率长子术赤、次子察合台、三子窝阔台、四子拖雷领兵数万大举进攻金朝。首战乌沙堡获捷;再战野狐岭、会河堡,歼灭金军大量精锐;又战怀来、缙(jìn)山,大败金军10万;还重创金军于东京、西京、居庸关等地。后来不断改变战法,分兵三路攻略中原腹地及辽西地区。成吉思汗跟他4个儿子分兵几路,在广阔的河北平原上所向无敌。这时候,金朝内部十分混乱,皇帝完颜永济被杀,新即位的金宣宗不得不向成吉思汗求和,献出大批金帛,把公主嫁给成吉思汗。成吉思汗才撤兵回去。

为适应攻城需要,成吉思汗采纳部将的建议,逐步建立了炮军,攻城以炮石为先。后来攻城作战,一次用炮即达数百座,迅速破城。同时,重视吸取各民族的先进技术,广收工匠艺人,每攻下一座城池即得工匠数万。随后又建立工匠军,设厂冶铁制造兵器。在通信联络上创建了"箭速传骑",日行数百里,军令传递和军队调遣速度增快。善于发挥骑兵之长,使蒙古骑兵疾如飙至,劲如山压,有"蒙古旋风"之称。

成吉思汗打败了金朝,兵力更强大了。1215年时,成吉思汗曾派使节到花剌子模王国,缔结通商贸易协定。成吉思汗按协定派出使臣与商队450人,500头骆驼,携带大批金银珠宝与商品前往通商。至讹(é)答剌总督亦难出见财起意,诬指商队为间谍,上报国王将使臣与商队尽数屠杀,侵吞商品与骆驼。成吉思汗为集全力攻金,避免中断贸易,争取和平解决,又派出使臣,致书摩诃

(hé)未责其背信弃义,要求交出凶手。摩诃末拒绝了成吉思汗的要求,并杀害

正使,剃光两位副使胡须,押送出境。成吉思汗知道后大怒,遂将讨伐金朝的

事务交由木华黎负责,而他亲自筹备征讨花剌子模之事。 1219年,成吉思汗

亲自率领20万蒙古大军攻打花剌子模。他还派使者到西夏,约定会师西征。

使者回来报告,西夏不肯发兵。成吉思汗怒道:"他敢小看我吗?等我征服西

域,再去剿灭了他!"

1219 年秋,成吉思汗分兵四路向花剌子模大举进攻。成吉思汗和拖雷统率主力部队,横越沙漠,直趋西南方的不花剌城。1220 年春,成吉思汗攻占不花剌城,守城 3 万多军民被杀害。接着,围攻花剌子模新都撒麻耳干。这时,术赤已攻克锡尔河下游各城,察合台等已攻克讹答剌,他们率军前来协助成吉思汗。摩诃末慌忙离开撒麻耳干,退到阿姆河之南。蒙古军围城五日,康里守军和居民献城出降。成吉思汗下令将投降的康里将卒 3 万人全部杀掉,又从居民中选 3 万工匠分赐诸子、亲属。撒麻耳干城受到很大破坏。

成吉思汗占领撒麻耳干后,派遣大将哲别、速不台统率 3 万蒙古军去追击摩诃末。最后,摩诃末逃到里海的一个小岛上,于 1220 年年底,在那里病死。

摩诃末死后,其子札兰丁继承王位。1221 年,札兰丁率六七万军队北上进驻八鲁湾,打败前来追击的蒙古军。不久,成吉思汗派遣 3 万蒙古军来战,又被札兰丁打败。于是成吉思汗亲率大军与札兰丁激战,札兰丁的军队伤亡甚众,最后札兰丁跃马跳进印度河,泅水逃往印度。

1223 年,哲别、速不台统率的蒙古军进入南俄,在伏尔加河大败斡罗思诸侯和钦察人的联军。占领花剌子模后,成吉思汗在中亚各地设置达鲁花赤,并委派伊斯兰教商人牙老瓦赤总督中亚一切事务。成吉思汗率军于 1225 年回到蒙古。

窝 阔 台

孛儿只斤窝阔台(1186~1241 年),元太祖成吉思汗第三子,母孛儿帖皇后。蒙古大汗,庙号太宗,谥号英文皇帝,尊号木亦坚合罕。早年随父征服漠北诸部,参与西征、攻金、灭夏等战争。

成吉思汗之死

在成吉思汗西征之时，西夏王李德旺不想再依附蒙古，于是在 1223 年率军反叛。这时蒙古名将木华黎已死，其子孛鲁得到消息后，率军从华北进攻西夏。1224 年 9 月，孛鲁破银州，消灭西夏数万军队，并再次屠城。西夏王李德旺见反抗无力，不得已再次称臣。但蒙古军退去后，西夏立即改变策略，转而与金朝修好，相约为兄弟之国，共同对付蒙古。加上当初成吉思汗西征的时候要求西夏派兵共同前往，可是西夏不但不派兵，而且还与金结成联盟，与蒙古作对。在这种情况下，成吉思汗一怒之下，不顾西征的劳累，亲自率 10 万大军进攻西夏。

其实在成吉思汗出征西夏的前一年，他的健康状况就已经出现了不好的现象。在一次郊野狩猎之时，成吉思汗不小心从马背上摔了下来，并且受了伤，伤痛引发高烧。而此时进攻西夏的计划早已拟订，但由于成吉思汗的身状况不佳，准备暂缓进攻西夏。于是，成吉思汗派使者去见西夏国王李德旺，要他投降。李德旺吓得直哆嗦，连话都不敢说。西夏大将阿沙敢不非常生气，说："要打仗，我在贺兰山下等着；要金银财宝嘛，请他来问问我的宝刀答应不答应！"阿沙敢不的不逊言语，遭致成吉思汗的勃然大怒，于是抱病亲征。

1226 年，蒙军分两路进攻西夏。东路，成吉思汗亲自率军于 3 月攻克了西夏重镇黑水城，并一直打到贺兰山下，阿沙敢不果然在贺兰山下等着蒙古兵的到来。两军大战一场，结果蒙古兵取得了胜利，并俘虏其统帅阿沙敢不。成吉思汗乘胜追击，一直追到灵州。

西路，在速不台的率领下，一路势如破竹，先后占领了沙州、肃州、甘州等

地。这时西夏皇帝献宗已因惊惧而病死。献宗去世时只有 45 岁,帝位由倒霉的李睍继承,他是献宗的近亲。到 11 月的时候,蒙古东西两路大军会合包围灵州。当蒙古军队包围灵州时,西夏派出最后一名使节前往金廷,请求女真人停止聘使往来。并且指挥一支西夏大军向西南开拔,以解灵州之围。成吉思汗匆匆渡过封冻的黄河,与前来解围的西夏增援部队遭遇,在冰天雪地中两军展开了战斗。西夏军队英勇抵抗,杀死了许多蒙古兵,但他们还是打不过蒙古骑兵,大部分被蒙古兵杀死。从此,西夏国再也没有什么力量。攻克灵州之后,成吉思汗将营帐扎在了盐州川。1227 年 1 月,蒙军再次包围了中兴府,由成吉思汗最得力的两个儿子窝阔台和拖雷亲自领兵攻打。成吉思汗本人则转而向南,再次渡过黄河,向西方攻略,经临洮向积石州挺进。1227 年春,成吉思汗率军横扫临洮,征服了临洮大部分地区。此后,在六盘山停下来避暑,面对西夏人勇猛的抵抗,成吉思汗也一筹莫展。而此时的宁夏平原也日益炎热起来,他只好在六盘山避暑休整,同时派人前往中兴府劝降,但遭到拒绝。就在这个时候,一个让他兴奋但对西夏帝国来说却是灭顶之灾的事故发生:6 月,西夏境内发生强烈地震,特别是中兴府附近遭受破坏严重,房屋倒塌,瘟疫流行,粮食也没有了,西夏国真是到了山穷水尽的地步。西夏新国王李睍见不得不向成吉思汗投降,就要求推迟一个月时间,他说:"为了准备贡品和安置灾民,请给我一个月时间,到时候,我亲自拜见你。"这也是西夏国王的拖延之策,他还在想看看有没有什么回天之术,却不想他的小计谋在雄才大略的成吉思汗面前显得那么地无力。

就在西夏宣布投降后,成吉思汗病倒在六盘山,一来是因为当时天气特别热,二来是因为成吉思汗年纪大了,体力不如从前,经不起连年作战的劳累。再加上进攻西夏之前就已经落下的病根,致使成吉思汗的病情一天比一天严重,眼看就活不了几天了。成吉思汗开始考虑两件大事:一是把帝位传给谁;二是

教他们如何治理国家，完成自己的事业。于是，他把窝阔台、拖雷和其他儿子们叫到自己的身边，对他们说："我的病情很重，眼看无法医治了。你们当中需要有一个人来继承汗位，支持这个坚实的宝座。如果你们个个都想当大汗、当大王，互不相让的话，就会得到'一头蛇和多头蛇'故事中那条多头蛇的下场。"

这个"一头蛇和多头蛇"的故事是成吉思汗经常对儿子们讲的：在一个大雪纷飞、北风卷地的夜晚，一条多头蛇为了御寒，想钻进洞里去。可是，这条蛇身上的每一个头都想先钻进去，互不相让，争斗了一夜。结果，这条多头蛇竟冻死在洞口。而另一条一头蛇却很顺利地爬进洞里，度过了严冬。成吉思汗用这个故事来教育他的儿子们要同心协力，服从指挥。

窝阔台等人听了成吉思汗的话，都跪在地上说："我们俯首听从您的命令和吩咐。"

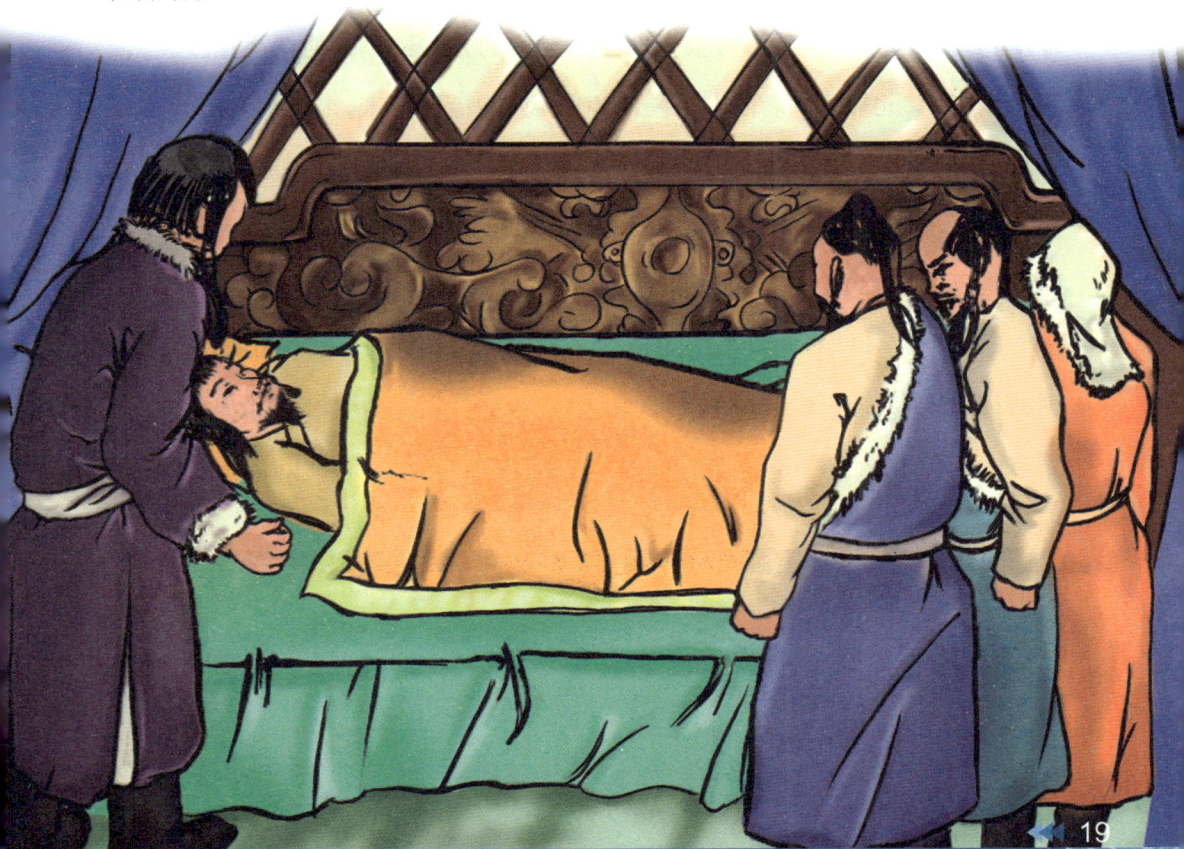

成吉思汗说："很好。如果你们想过幸福的生活，享受权力和富贵，就应该拥护窝阔台继承我的汗位。因为他不仅足智多谋，而且有雄才大略，他在你们中间尤为出众。我想让他统率全军和百姓，立他为我的继承人，不知你们同意不同意这个意见？"

他的儿子们异口同声地说："谁有权利反对您的意见？谁又有能力拒绝它？我们谨遵您的旨意。"

成吉思汗接着说："假如你们的愿望和你们的话是一致的，你们必须立下文书，我死后你们要承认窝阔台为汗，把他的话当作肉体的灵魂，不准更改今天当着我的面立下的承诺，更不许违反我的法令。"窝阔台等弟兄们遵照他们父亲的圣训，立下了拥护窝阔台继承汗位的文书。

汗位继承的问题解决了，但成吉思汗的病情却愈来愈恶化。临死前，他对拖雷和诸大将嘱咐了他思考很久的灭亡金国的方略："金朝的精兵在潼关。潼关南据华山，北靠大河，难以一下子攻破。只能借道南宋，宋、金为世仇，必能同意，然后出兵直捣开封。潼关数十万金兵必然千里驰援，待赶到开封，却已兵疲马乏，不能作战，开封城便指日可破。"后来，窝阔台遵循这一方略，终于在1234年灭掉了金国。

成吉思汗又针对西夏国王的拖延之策嘱咐左右诸将，在他死后要严密封锁消息，等西夏国王来朝拜时把他杀掉，再把西夏都城的居民全部杀光。1227年秋天，成吉思汗去世，终年68岁。后来，诸将都按成吉思汗的嘱咐办了。

拖雷 孛儿只斤拖雷（1193～1232年），元太祖成吉思汗孛儿只斤铁木真的第四子，也是成吉思汗最宠爱的儿子。1266年元世祖孛儿只斤忽必烈在位时，被追谥为景襄皇帝，庙号睿宗。

拖雷监国

扫码查看
☑ 中华故事
☑ 典故趣闻
☑ 能力测评
☑ 学习工具

一代天骄成吉思汗临去世之前对他的身后事已经作出了详尽的安排,首先就是他死后的汗位继承问题,他任命了三子窝阔台为汗位的继承人,并要求其他几兄弟都要拥护窝阔台即位。其次就是灭亡金朝的战略问题,在这个问题上他提出了借道宋境灭亡金朝的计划。最后就是吩咐窝阔台、拖雷及手下诸将要暂时隐瞒他已去世的消息,等西夏投降后,将西夏国王及其族人全部杀掉。

从成吉思汗的安排我们能够看出,这是一位伟大的军事家与谋略家,他的每一个安排在其死后都得到了彻底的实现。单从成吉思汗对他死后的汗位继承的安排就能够看出这一点来。

成吉思汗的正妻孛儿帖生有 4 个儿子:长子术赤、次子察合台、三子窝阔台、四子拖雷。拖雷少年时就随其父出征,他与 3 个哥哥一样,能征善战,随从成吉思汗东讨西伐,为蒙古帝国的奠基立下汗马功劳,他也是成吉思汗最为宠爱的儿子。并且蒙古人有"幼子守产"的习俗,按理说拖雷应该是最理想的汗位继承人了。但是,成吉思汗最后却把这个重要的汗位传给了他的三子窝阔台。因为窝阔台经过历次战役的历练,他逐渐成为一位骁勇善战、足智多谋的将领。更为突出的是他治国的才能也超过了其他的兄弟,这一点成吉思汗是看在眼中的,他深知窝阔台的才能比他最为疼爱的拖雷更为全面。并且窝阔台一向表现得宽厚仁义,成吉思汗认为窝阔台继承汗位后能将其他兄弟团结到一起,使蒙古更加强大。

成吉思汗临死时候虽然留有遗言,将大汗位传给三子窝阔台,但是还需

要全蒙古部落开库里台大会通过,在大汗选出之前,由四子拖雷监国。其统治下的地域、财产和军民也做了划分,长子术赤分封在钦察汗国,次子察合台封在察合台汗国,三子窝阔台分封在新疆大部与蒙古西部,称窝阔台汗国,3个儿子各分得蒙古部4000户居民,其余蒙古部落领地包括占领的金国大部,以及蒙古诸部落大约10万户军民都留给了四子拖雷,包括10万骁勇的蒙古军队。大约是为了补偿,也可能是因为蒙古习俗的使然,成吉思汗将绝大多数的财产分给了拖雷。在拖雷监国的过程中,他得到了成吉思汗长子术赤的支持,将库里台大会的召开推迟了两年进行,在这两年中,拖雷总管蒙古军政大权。

直到1229年,此时术赤已死,察合台全力支持窝阔台,要求召开库里台大会。拖雷才主持召开了由蒙古宗王、贵族和重要大臣参加的库里台大会,推选新的大汗。虽然成吉思汗生前曾指定窝阔台为继承人,但有些宗王和贵族仍然恪守旧制,主张立幼子拖雷,反对成吉思汗的遗命,而且拖雷当时掌握着绝大部分蒙古百姓和军队,他的态度也暧昧不明,并无坚决拥戴之意,窝阔台不得不一再推让。

大会经过40多天讨论仍没有一个结果。这时,作为成吉思汗谋士的耶律楚才发挥了重要作用,他私下里找到拖雷,将当前大势分析给拖雷,要求拖雷明确表示放弃汗位的争夺。拖雷经过慎重的考虑后,觉得再这样下去,反而让自己处于很被动的局面,于是表示愿意接受父亲的主张,并在库里台大会上推举三哥窝阔台继承汗位。

至此,窝阔台终于被二哥察合台、弟弟拖雷一起推上了蒙古帝国的大汗宝座。从此,窝阔台开始采用"合汗"称号,因此元朝文献中有时称之为"合汗皇帝"。窝阔台登上汗位之后,拖雷遵守诺言,尽心尽力地辅佐他。不过,窝阔台心里面不可能不对这位实力超群的弟弟满心忌惮。

窝阔台继承汗位后，发动了对金国残余地区雷霆般的进攻，当然拖雷是主攻者，决定性的借道宋境攻金的几场战役都是托雷完成的。1332年，拖雷取得了钧州三峰山战役这一灭金的决定性胜利。在三峰山一役，他独自歼灭金国主力20万，当时的金国名将几乎无一幸存。

就在金军被困三峰山，大势将定的时候，有谋士劝说拖雷，让他缓兵一时，待窝阔台大军来了之后再进攻，意思就是让他把大功让给皇帝，但拖雷出于兵法家的考虑，认为军机不可贻误，决定及时进攻，全歼金军，完成了成吉思汗灭金的遗愿。当时蒙古人对金国的痛恨是难以想象的，所以说，灭金的意义对窝阔台来说，远远胜过任何一次西征。窝阔台赶来后，口头认为拖雷的做法很对，但心里却十分不舒服，甚至畏惧。

这之后不久，发生了一件离奇的事情，窝阔台大汗突然暴病，奄奄一息，萨满法师说只有亲人替死才能治好他的病，而那时候窝阔台身边只有拖雷，拖雷看到大汗病势危重心急如焚，就在帐外向长生天祈祷：伟大的长生天，我是个罪孽深重之人，如果惩罚就惩罚我吧，我愿替大汗一死。然后，拖雷将清洗窝阔台身体的水都喝掉了。当晚，拖雷死于自己的营帐内。这是一段历史之谜，拖雷死得实在是不明不白，后人有理由相信是窝阔台的主意。但窝阔台为了表示对拖雷的感激或者是歉疚，很善待拖雷的4个儿子——蒙哥、忽必烈、旭烈兀、阿里不哥。

三 峰 山 之 战

三峰山之战是蒙金战争期间的一场决定性的战役，经此战，金军不仅精锐尽失，还损失了完颜合达、移剌蒲阿两位主帅和完颜陈和尚等主要的将领，至此，金朝已经是摇摇欲坠，离覆灭不远了。

窝阔台南征北讨

1229 年,成吉思汗死后第三年,窝阔台在二哥察合台和弟弟拖雷的支持下,在库里台大会上被蒙古宗王和贵族推举为新的大汗。窝阔台即位后,重用耶律楚材等一批谋臣勇将,展开了一系列的改革,重新制定礼仪,皇族大臣全部列班对大汗跪拜,借以巩固大汗的权威,又颁布各种法令,强化了国家机器。窝阔台的一系列措施使得蒙古越来越强大,也抵消了成吉思汗去世带来的不良影响,于是,他开始出兵四处征伐,拓展疆土,为元帝国的最终形成奠定了坚实的基础。

窝阔台出兵的首要目标就是南下伐金。刚好这时金朝知道成吉思汗去世派了使者来吊丧,窝阔台就对来使说:"你们金朝打不过我们,又不肯归降,现在我父亲成吉思汗没能完成他的志愿就去世了,我将率领军队去讨伐你们。"然后就打发了使者回去。

窝阔台经过整兵储饷后,亲率大军进攻山西,命大将史天泽攻打卫州。卫州是汴京的门户,由此过黄河可直入汴京。卫州若不保,汴京则危矣,因此能否固守卫州直接关系到金朝的生死存亡。金哀宗命完颜合达等率军 10 万火速驰援,先锋完颜陈和尚率 3000 忠孝军出击,击退了蒙军,卫州解围,金都汴京也一度得以转危为安。这次伐金失败。1230 年春,窝阔台又同拖雷与他的儿子蒙哥一起,率大军入陕西,连攻山寨 60 余座,进逼凤翔,威胁潼关。凤翔在蒙军的强攻下,虽坚守了数月,但依然于 1231 年 2 月被攻陷。只有潼关倚仗天险,又有精兵驻扎才没有被攻破。即使拖雷亲自督战,也没有攻下。1231 年 5 月,窝阔台在官山九十九泉召集诸王将领商议灭金战略。

当时拖雷手下有一个叫李国昌的降将进言说："金朝迁都已近20年，全仗着潼关、黄河的天险。我军不如从小道出宝鸡，绕过汉中，沿汉江进发，那时攻汴京就不难了。"拖雷听此人说得有道理，就把这个建议提给了窝阔台。

窝阔台听后，说："从前父亲曾令我等借道南宋，出兵唐、邓两州，然后一举拿下金都，现在正好依此计划行事。"于是定下灭金战略，分兵三路合围汴京。

由窝阔台率中路军，攻金的河中府，直下洛阳；蒙古大将斡陈那颜率左路军直下济南；窝阔台的弟弟拖雷率右路军由宝鸡南下，借道南宋境内，沿汉水出唐州、邓州，最后全军会师汴京。

在整个攻金的作战中，以拖雷所领右路军战功最著，拖雷借道宋境，迂回包抄，突然出现在金朝境内，将驰援汴京的20万大军堵截在钧州以南的三峰山一带。当时正值大雪天气，金军粮草用尽，人困马乏，战斗力大减。蒙古军围而不战，轮番休整，而后有意让开通往钧州的一条路，等金军从这条道北上突围时，突然发起致命一击，金军顿时全线崩溃。20万人马几乎全部被歼灭，移剌蒲阿和完颜陈和尚被蒙古军俘虏，拒绝了蒙古人的劝降，结果被杀。完颜合达率残部退入钧州城内，蒙古军围城，金军寡不敌众，城被攻克后，他力战而死。经此一战，金朝已经是摇摇欲坠，离覆灭不远了。1232年3月，蒙古军攻克洛阳，包围汴京。

这时，窝阔台与拖雷返回蒙古，不久拖雷离奇死亡，但这并没有拖慢金朝灭亡的脚步，窝阔台指命他最杰出的战略家、波斯和罗斯战争中的胜利者速不台去围攻汴京。金朝军民进行了顽强的汴京保卫战，打退蒙古军队的多次进攻。然而，金哀宗统治集团迫于蒙古军队的威胁，不敢坚持抵抗，逃往蔡州，汴京陷落。

1233年，蒙古与南宋达成联兵灭金的协定，塔察儿率领蒙古军，孟珙率领宋军，分道进攻蔡州。宋蒙军队协力围困蔡州，内防金兵突围，外阻金兵入援。

蔡州被困 3 个月，弹尽粮绝，被宋蒙军队攻陷，金哀宗自杀，金朝灭亡。至此，成吉思汗的继承人们完成了他的遗愿。

在灭亡金朝之后，1235 年，窝阔台召集库里台大会，商讨西征事宜，在会上通过了派大军西征的决议。1236 年春，成吉思汗长子术赤的长子拔都、次子察合台长子拜答儿、三子窝阔台长子贵由、四子拖雷长子蒙哥各统本部兵马，万户以下各级那颜亦分遣长子从征，以拔都为统帅，速不台为副帅，共 15 万大军西征。因诸王、诸那颜均派长子从征，所以史称"长子出征"。

此次西征，强悍的蒙古军一路所向披靡，横扫俄罗斯、波兰、匈牙利、保加利亚、塞尔维亚等欧洲诸国。在俄罗斯，他们攻占莫斯科后大肆屠城，杀了 27 万余人，又将基辅全城焚毁。征服俄罗斯后，蒙古军又迅速挺进中欧，在著名的里格尼茨之战中击溃波兰—日耳曼联军，擒杀亨利二世，占领波兰全境。

1241 年 4 月，蒙古军又在蒂萨河之战中大破匈牙利军队，匈军死者不下 7 万人，蒙古军追击匈牙利国王贝罗四世，直至亚得里亚海滨方才罢兵。至此，蒙古军在此次西征中击败了总数为他们自己兵力 5 倍之多的欧洲各国军队，控制了从第聂伯河到奥得河以及从波罗的海到多瑙河的整个东欧和中欧的部分地区。

1241 年，窝阔台因为酗酒而突然暴毙，使这次西征进程被迫中止。当时大军正往中欧的维也纳推进，但为了参加蒙古的库里台大会而急忙撤军返回。自此以后，蒙古大军再也没有踏足欧洲那片土地了……

潼关 潼关历史悠久，闻名遐迩。古潼关居中华十大名关第二位，历史文化源远流长。马超刺槐、十二连城、仰韶文化遗址等名胜古迹星罗棋布；风陵晓渡、谯楼晚照、秦岭云屏等潼关八景，引人入胜。

乃马真与海迷失称制

窝阔台执政初期,颇能励精图治,好好做事,但西夏、金灭亡后,他就骄傲起来。窝阔台晚年沉溺 (nì) 于酒色,每喝酒必彻夜不休。耶律楚材多次进言他也不听。同时,后宫妃嫔不下数百,光皇后就有 6 个。在这 6 个皇后中,第六后乃马真氏不但漂亮,才能也显著。脱列哥那乃马真氏本是蔑儿乞部首领的妻子,成吉思汗灭掉蔑儿乞后,将她赐给窝阔台为妻。她在诸后中地位本不高,但其他皇后无子,而她相继生下了贵由、阔端、阔出、哈刺察儿、合失等人。因此窝阔台汗很宠信她,宫中一切都由她主持,别人不得过问。1241 年 2 月,窝阔台因游猎回来多饮了几杯酒,得了急病,险些丧命。到 11 月时,窝阔台又想出猎,但又怕旧病复发,很是郁闷。左右侍从就蛊惑他说:"不能骑射的话,活着还有什么意思啊?"窝阔台汗于是出猎,返回时驻扎在谔 (è) 特古呼兰山,在行帐中纵情豪饮,结果旧病复发,当晚暴毙,死时 56 岁。

窝阔台去世后,乃马真后以指定继承人失烈门尚年幼,长子贵由正随军西征,此时还没回国为由,在大臣奥都刺合蛮的怂恿下,决定自己专政。乃马真后曾争取耶律楚材的支持,但耶律楚材以外臣不便干

预宫内之事为由推辞了。乃马真后只好先办理国丧，再作打算。在这期间乃马真后通过巧妙手段获得察合台等宗亲支持。丧葬处理完，乃马真后临朝听政，升奥都剌合蛮为相国，无论大小政务都由他裁决。西域回族女子法特玛是窝阔台汗西征时所得，被选入后宫作为役使，乃马真后很宠爱她。奥都剌合蛮与法特玛联手，遇有反对的官僚，就令法特玛从旁进言，内外蒙蔽，于是朝中旧臣被他两除去了大半。

耶律楚材见到这种情况心中非常忧虑，一日，听说乃马真后把盖有玺印的空白纸给奥都剌合蛮，令他遇事自己写，就很生气地说："天下是先帝的天下，朝廷下达诏书也是有一定的规章的，怎么能把盖有玺印的空纸给相臣呢？"但是乃马真后并不理会他，还把他申斥了一顿，从此耶律楚材常称病不上朝。1243年，成吉思汗幼弟帖木格见汗位空悬，萌生觊觎（jì yú）之心，率领本部兵马趋向和林。当时成吉思汗兄弟都死了，只有帖木格还在。乃马真后不禁大惊，忙召奥都剌合蛮商议。奥都剌合蛮说："可战就战，不可战就守，不可守就向西走，怕他什么！"

乃马真后听完，就偷偷令左右预备西迁。这时她猛然记起了耶律楚材，于是就令内臣召他觐见。耶律楚材来到后，乃马真后就与他说了西迁的事。耶律楚材说："朝廷是天下的根本，根本一动，则天下大乱。臣观天道，不会乱的。如怕帖木格大王入京，何不令他儿子前去劝说，叫他停止进兵，入朝说话？"乃马真后采纳了这个建议。帖木格在路上闻皇子贵由带领西北凯旋军将到和林，又有自己的儿子说和，乐得顺水推舟，就说："我来探丧，没有他意！"然后就回去了。

1246年，乃马真后忽然得了重病，这时她的大儿子贵由也已经率西征军归来，于是她召集诸王大臣开库里台选汗大会，准备立贵由为大汗。而术赤的长子拔都与贵由不和，认为拥立贵由不过是乃马真后的私意，于是拔都故意要

使乃马真后准备选举贵由为帝的库里台选汗大会迟迟不能召开。当大会终于召开时,他又借口身体不适,拒绝出席选汗大会。到1246年春,东、西道诸王和各大臣、将领才在和林附近举行库里台选汗大会,与会诸王、百官经长期商议,以失烈门年纪尚幼为由,同意推举贵由为大汗,这就是元定宗。

贵由在位一月,已查悉海内怨声载道,只因母后尚在,不便立即做出变动。过了数月,乃马真后病逝,奸相奥都剌合蛮方才倒运,被贵由处死;后又查得回妇法特玛欲害皇弟库腾,遂把她裹入毡内,扔进河中。贵由仅仅在位两年,就于1248年春病死在西巡的路上了。

贵由死后,皇后海迷失在拖雷妃和拔都等诸王支持下,抱幼子失烈门垂帘听政,称制3年。海迷失在位时,她的两个庶出的儿子忽察、脑忽另建府邸与其相对抗,以致一国三主;另一方面,窝阔台派系的宗王们又擅自签发文书,政出多门。由于朝廷内部的纷争,蒙古汗国陷入了大混乱;又遇大旱,水泉干涸,野草自焚,牛马十死八九,民不聊生。于是,在1251年7月再次召开库里台大会,拔都提议另立拖雷的长子蒙哥为大汗,蒙哥即位后,海迷失因暗中串联窝阔台派系准备反扑,被蒙哥下令投入河中溺死。元朝建立后,追谥海迷失为钦淑皇后。

1251年,拔都拥戴拖雷的长子蒙哥问鼎大汗之位,蒙古帝国从窝阔台之子贵由之手彻底转到蒙哥之手。中国古代历史上的赫赫人物忽必烈,就是蒙哥汗的亲二弟。1251年,蒙哥继位,开始大规模消除异己,窝阔台和察合台派系的主要宗王全部被杀,这样才结束了长达20年的派系之争。

临 朝 称 制

临朝称制:古时后妃是不能上厅堂的,所以后妃要掌权就要"临朝",从秦始皇开始皇帝的命令专称"制",布告公文称"诏";后妃掌权之后其命令自然也要上升到皇帝的级别,于是就叫"称制"。临朝称制由中国西汉时的吕后所开创。

一代名相耶律楚材

　　1218 年，成吉思汗在南征北战过程中，逐渐感到人才的重要。为了征服战争的继续进行和扩大，他需要各种人才。这时，有人向他报告说，在他统治下的燕京城中，有个才华横溢、满腹经纶的耶律楚材，成吉思汗便派专使前来礼聘。耶律楚材在燕京城中已经 3 年了，过着隐居式的生活，无事可干，这时得知有雄才大略的成吉思汗要召见他，感到是一个图谋进取的好机会，不应轻易放过。耶律楚材早已对腐朽的大金王朝失去信心。面对干戈四起、生灵涂炭的神州大地，他决定以自己的才华辅助成吉思汗，拯救水深火热中的人民。于是立即应召，跟随来使欣然上道了。

　　耶律楚材，字晋卿，号湛然居士，契丹人。其九世祖是辽朝太祖皇帝耶律阿保机，父亲为金朝尚书右丞耶律履，世代居住在燕京。他从小就博览群书，通晓天文、地理、律历、术数及儒、释、道、医、卜等多门学问，也做过金朝的小官。他刚出生的时候，他的父亲已预感到金朝衰弱腐败，行将灭亡，十分感慨地对周围的人说："我在快 60 岁的时候得到这个孩子，他将是我家的千里驹啊！他将来一定会成就一番惊天伟业，而且必将是为别的国家所重用。"因此取《左传》中"虽楚有材，晋实用之"之意，给他起名为"楚材"，字为"晋卿"。

　　耶律楚材跟随使者从燕京的玉泉山出发，经过数天的跋涉，终于赶到了成吉思汗的驻地。当时，成吉思汗正在准备西征，其驻地远在克鲁伦河的上游与臣赫尔河合流之处。成吉思汗得知耶律楚材到了，马上召见，一见之下，发现耶律楚材身长 8 尺，美髯当胸，声如洪钟，仪表非凡，立刻豪气万千地说："辽金世仇，我一定会为你雪耻的！"

　　耶律楚材答道："那是很早以前的事了。从我的祖父开始已经在金朝为官了，既然做了臣下，怎敢与君为仇呢？"

　　这几句话讲得非常得体，成吉思汗听了很满意，认为耶律楚材光明磊落，值得信任，便让他做自己的亲随，不离左右。耶律楚材很快便以其渊博的学识，受到成吉思汗的宠信。成吉思汗对他很亲切，经常不叫他的名字，而称为"吾图撒合里"，蒙古语就是"长胡子"的意思。

　　1219 年，成吉思汗进行了著名的西征。在西征中，耶律楚材一直跟随在成吉思汗的身边，常常跟他讲一些征伐、治国、安民之道，成吉思汗认为他讲得

都很有道理，因此很器重他。然而，一个新来归顺的儒生，想在以武力取天下的军事贵族中取得充分的信任和稳固的地位，是很不容易的。有个名叫常八斤的人，以善于制造弓箭而受到成吉思汗的重用，因而非常矜骄。有一次竟然当着耶律楚材的面对成吉思汗说："现在正是用武的时候，耶律楚材是个读书人，对打仗有什么用处？"

耶律楚材听了并不生气，从容答道："治弓尚且须用治弓匠，难道治天下就不须用治天下匠吗？"成吉思汗听了觉得有理，对耶律楚材更加亲信重用了。有一次，成吉思汗指着耶律楚材对窝阔台说："这个人是上天赐给我们家的，以后的军国政事，可以全都委托给他。"

在窝阔台即位时，耶律楚材依照中原王朝的传统，制定了册立仪礼。这种仪礼要求皇族尊长都就班列拜，这与蒙古的习俗是大相径庭的。于是，耶律楚材就先劝说亲王察合台，说："亲王虽是大汗的兄长，但从职位上看仍然是臣，臣下对君按照礼节应当跪拜。只要亲王带头拜，其他的人就莫敢不拜了。"察合台认为他说得有理，在正式的即位大典上，便率领皇族及臣僚在帐下跪拜。自此，蒙古国才有了尊汗的下拜礼。

当时，蒙古立国不久，许多必要的制度尚未建立，成吉思汗生前定下的类似于部落联盟内部规矩的"扎撒"根本不能适应复杂的社会形势。当时州郡长官贪暴肆虐，富豪任意兼并土地，地痞流氓杀人越货的现象十分严重。针对社会现实，耶律楚材依据中原的若干法律原则制定了《便宜一十八事》作为临时法律，禁止地方官员擅自滥杀百姓，不准商人财主贪污公物，打击地痞流氓杀人盗窃，禁止地主富豪夺取农民土地等，这才使得当时的社会情况有一些好转。

作为一个游牧民族，蒙古统治者还不知道农业对经济的重要性，有一个叫别跌的贵族就说："汉人对国家毫无用处，不如把他们统统赶走，使田地长出茂

盛的青草,让咱们去放牧的好。"

耶律楚材却对窝阔台说:"大汗即将要出兵进攻金朝,少不了要一大笔资金作为军需,如果定下了中原的地税、商税,加上盐、酒、铁、土产等项收入,每年可得银 50 万两、锦 8 万匹、粮 40 余万石,足可以供应军需,怎么能说汉人对国家没有用呢?"

窝阔台抱着试试看的态度对耶律楚材说:"那就先让你试着去办吧。"这样,耶律楚材开始在蒙古国设立了燕京等 10 路征收课税使。没过多久,10 路征收课税使把征收到的金帛和记录仓库收藏谷物的簿籍交给了窝阔台。征收上来的财物数量很大,窝阔台看了非常高兴,笑着对耶律楚材说:"你没有离开我的左右,但却收来了这么多的财物,使国用充足,真有本领呵!在金国的臣僚中还有像你这样的人才吗?"

耶律楚材答道:"现在建康府的臣僚都比我好,我因为没有什么本领,所以才留在燕京,结果被陛下所用了。"窝阔台对耶律楚材的谦虚态度表示赞赏,觉得确实是一个可以大用的人才,当即下令任命他做中书令,把典颁百官、会决庶务的大权交给他,事无巨细,都先向他报告,再由他转请大汗处理。

耶律楚材辅佐成吉思汗和窝阔台治理国家近 30 年,作为一个杰出的政治家,一代名相,他为推动蒙古人学习与接受中原农业文明作出了杰出贡献,为以后元世祖忽必烈推行汉法打下了良好基础。

察 合 台

察合台,成吉思汗正妻孛儿帖所生第二子。曾随成吉思汗西征,成吉思汗把畏兀儿以西直至阿姆河之间的草原地区分封给他,即察合台汗国。死后,元世祖追谥为元圣宗忠武皇帝。

蒙哥对帝国的铁腕统治

　　贵由汗死后，皇后海迷失抱幼子失烈门临朝摄政，在海迷失临朝称制的过程中，她的两个儿子忽察、脑忽另建宫廷与其相对抗，争夺汗位。致使国家陷入混乱之中，蒙古宗王们就对海迷失皇后母子极度不满。这时，在蒙古帝国中无论身份还是实力都是首屈一指的成吉思汗长子术赤的长子——拔都便倡议召开库里台大会公选新的大汗。

　　于是，拔都以王室之长的身份，召集蒙古宗王、贵族及大臣在阿剌豁(huò)马黑召开库里台大会。在大会上，拔都公开表示支持拖雷长子蒙哥为大汗继承人。蒙哥和他众多的叔叔伯伯们一样，继承了成吉思汗铁的意志和尚武的精神。1236年，刚刚26岁的他就参加了历史上赫赫有名的"长子军远征"，随长兄拔都西进，活捉钦察部落的首领，并将战火燃烧到了欧洲维也纳附近。战争锻炼了蒙哥的意志和魄力，培养了他英明果敢的性格和灵活的交际能力，他一直和堂兄拔都的关系很好，而且在蒙古宗王中，拖雷系与术赤系历来都有着良好的合作关系，所以拔都一力支持蒙哥继承汗位。然而皇后海迷失的代表八剌提出了不同的意见，他认为应该立窝阔台系贵由的幼子失烈门为汗，理由是窝阔台曾正式指定其孙失烈门为他的继承人。八剌的意见遭到忽必烈兄弟及其他诸王的反对，他们说，窝阔台的皇后乃马真立贵由为汗，早已违背窝阔台汗的遗旨，这一理由不再有效。大将兀良合台、忙哥撒儿也竭力主张推选蒙哥。经过一番激烈争论，在术赤系和拖雷系的超强实力面前，诸宗王最后决定拥立蒙哥为大汗。但是，窝阔台系与察合台系诸宗王没有参加这次大会，并以会议不是在蒙古本土举行为理由拒绝承认。于是拔都派其弟别儿哥等率军与

蒙哥一起返回蒙古本土,再邀请各系宗王在斡难—怯绿连地区重新召开库里台大会,正式选汗。窝阔台系与察合台系诸宗王一再拖延,拒不赴会。拔都不顾他们的抵制,于1251年夏,在阔帖兀阿阑举行大会,在少部分窝阔台系和察合台系诸宗王的与会支持下,拥蒙哥即大汗位。

蒙哥即位之后,察合台系与窝阔台系中那些与术赤系、拖雷系不和的宗王们才姗姗来迟,勉强前往祝贺。正当蒙古诸王公大臣们为蒙哥即位持续宴饮的时候,蒙哥的一个养鹰人克薛杰正在草原的另一边寻找自己丢失的骆驼。他偶遇了一支带着无数大车的军队。起初,克薛杰以为这是给宴会供应食物的军需车队,并没有在意。就在他打算走开的时候,车队中一个孩子却把他叫了回来,要他帮忙修理一辆损毁了的大车。车盖打开,克薛杰吃了一惊:原来车里全是精良的兵器,再和那孩子和周围的人拉拉家常,更得知原来所有的大车里都装着同样的东西,是海迷失的儿子脑忽、失烈门及忽察三人打算趁着蒙哥及诸王欢歌狂醉之机将他们一网打尽,阴谋发动政变将汗位重新夺回到窝阔台系。克薛杰探听确实,立即纵马狂奔,一天之内竟赶了三天的路程返回营地,向蒙哥当面禀报此事。蒙哥得到消息后立刻采取行动,派大将忙哥撒儿率3000骑将脑忽、失烈门、忽察三人捉住,来见蒙哥。为诸王的阴谋所警觉,蒙哥担心出现更多的危害自己生命的阴谋,同时渴望报复,便发动了一次无情的广泛的清洗。忽察、脑忽、失烈门和其他后来牵连到阴谋之中被证明有罪的人,起初被流放,或监禁在军营之中,随后被全部处死。皇后海迷失和失烈门的母亲合答合赤

同样受到审讯，并被指控谋反和使用巫术，被判处死刑，一起被裹入大毡抛入河中溺死。蒙哥消灭了海迷失皇后这个最具实力的对手之后，加紧削弱窝阔台家族的势力，光是窝阔台派系的诸将大臣就杀了77个，蒙哥终于坐稳了汗位。

在蒙哥坐稳汗位后，针对窝阔台以来重臣和诸王贵族以权谋私的情况，蒙哥大汗对大蒙古汗国中央政府的官吏规定了严格的纪律：禁止中央政府官吏勾结商人放高利贷，不准他们贪污受贿，也不允许他们直接逮捕人；既不允许官吏私设公堂，鱼肉百姓，又要求他们对了解到的案情及时上报大汗，将司法大权收归中央政府和大汗。为了加强法治，根除诸王、官吏特权，颁布诏书：凡朝廷及诸王滥发牌印、诏旨、宣令都要被收回；诸王车驾，只许乘三匹马，远行者不得超过四匹；诸王不得擅扰民户；诸官属不得以朝觐为名征敛民财。所有违反法规纪律者，都要从严从重处罚。

经过几年的休养生息之后，特别是在忽必烈灭了大理与吐蕃之后，蒙哥认为攻宋的时机已经成熟，于是，与忽必烈兵分两路，亲率西路大军南下攻宋。1259年2月，蒙哥率全军渡鸡爪滩，至石子山，猛攻钓鱼山，因宋将王坚恃险坚守，而屡攻不克。当时天气暑湿，军中疾病流行，兵士多病死，蒙哥也染上了疾病，并且忧心战事，使病况日渐严重，最后于1259年7月病逝。蒙哥汗在位9年，死时52岁。后追谥桓肃皇帝，庙号宪宗。

长子军远征

　　1235年，太宗窝阔台大汗在哈剌和林(今蒙古国后杭爱省额尔德尼召北)召集大会，决定征讨钦察、斡罗斯、波兰和匈牙利(马札尔)等里海以北未降服诸国。按照察合台的"长子出征人马众多，威势盛大"的提议，诸王、万户、千户、百户、那颜等的长子参加这次出征，故称"长子军出征"。参加出征的有术赤的儿子拔都、斡儿答昔班和唐兀惕，察合台的儿子拜答儿、孙子布里，窝阔台的儿子贵由、合丹，托雷的儿子蒙哥、拔绰以及成吉思汗庶子阔列坚等。全军有15万人，拔都为统帅，速不台为副统帅。

忽必烈建大元

　　蒙哥即位以后，为了稳固自己的地位，开始重用自己的亲信。其中最受重用的是蒙哥的亲弟弟忽必烈，蒙哥委任他管理漠南军事。早在漠北做藩王的时候，忽必烈就有"大有为于天下"的抱负，在他的身边开始聚集一些有学问的人才。忽必烈对汉族的文化很有兴趣，非常地神往，所以，当时的忽必烈就已经延聘了不少的汉人到王府来做幕僚，向他们学习汉人的文化和制度。这使忽必烈统治的地方人民生活都比较安定，发展得比较繁荣。但他的汉化制度也使蒙古的贵族和宗王们对他很不满，但忽必烈一直都坚持自己的政策。忽

必烈在受任总理漠南汉地军国庶事以后，先后任汉人儒士整饬邢州吏治，在汴梁设立经略司，整顿河南军政，并屯田于唐、邓两州，收到积极效果。1253年，受京兆封地，忽必烈又在这里任儒臣兴立屯田，整顿吏治，恢复农业，建立学校，进一步取得北方汉族地主阶级对他的拥护，为元王朝的建立奠定了社会基础。同年，忽必烈受命与大将兀良合台远征云南，灭大理国。

在平定大理和吐蕃以后，蒙哥认为伐宋的时机已到，就亲率大军，兵分两路南下伐宋，只留幼弟阿里不哥守和林。蒙哥任命忽必烈为东路军的统帅，他自己率领西路大军南渡嘉陵江，入剑门，取成都，下阆州，然后进攻合州。在合州城下，蒙哥先派宋朝降将晋国宝劝守将王坚投降，王坚不从，并把晋国宝斩首。王坚誓师后开城出战，将士无不感动，争相出死力相搏，战到天黑，蒙哥不能取胜，退军10里宿营。过了数日再来进攻，又被击退。从此一攻一守，相持数月不下。蒙古前锋汪德臣挑选精锐，打算力攻，于夜晚亲自督兵攻城。王坚也令部下拼力抵御。战了一夜，直到天明，城墙下积尸如山。这时，宋朝守军在城上掷下大石，正好击中汪德臣，致使蒙军退兵。当晚，汪德臣不治身亡。

蒙哥因屯兵城外将近半年，又遇良将伤亡，忧郁成病。合州城外有钓鱼山，蒙哥登山养病，结果一病不起，于1259年7月病逝。

9月初，蒙哥故去的消息被穆哥亲王传递给忽必烈的时候，忽必烈大军已经渡过淮河，南渡长江的准备工作也已经完成，正要挑选吉日打过江去。起初，他不相信这是真的。当初在和林与蒙哥分手时蒙哥还好好的，怎么一下子就死了呢？但当得知蒙哥确实已经死，忽必烈险些昏厥过去，痛心疾首地向西而跪，悲怆地长揖大呼："大汗！皇兄！"

这个时候，忽必烈手下有个叫郝经的人出声劝道："殿下，大汗归天，您的心情我能理解，可是，人死不能复生。历来国丧期间都是最多事的，同室操戈，祸起萧墙，往往也发生在这个时候。您不能总困扰在悲伤的迷雾里，蒙古汗国

今后还要靠您支撑呢，您还是想想以后该怎么办吧？"

这时，穆哥亲王也来信劝说忽必烈尽快率兵北返，并指出留守和林的阿里不哥有争夺汗位的野心。郝经也忧心忡忡地对忽必烈说："殿下，穆哥亲王说得对啊，国之无君，很容易引起皇位之争，弄不好兄弟骨肉要自相残杀，引起天下大乱！我这绝不是危言耸听，前车之鉴太多了。王爷应该迅速班师回朝，等新的大汗继位以后，再谈伐宋之事不迟。"

而忽必烈对于这些话并没有听进去，他作为成吉思汗的嫡孙，有继承大汗的资格。他也想到阿里不哥可能会与他争夺汗位。但是，在忽必烈的心目中，争夺汗位也好，兄弟不信任、纷争也好，都是家事，是家人内部的不和和纠纷。

在关键时刻，一家人还是向着一家人的。而南宋才是真正的敌人。自己怎么能放下敌人不打，而去打自家人呢？所以，他没有采纳郝经的建议，决定一鼓作气打过长江去。于是，他断然地对郝经和在场诸将说："本王好不容易打到了长江岸边，渡江在即，鄂州指日可破。在这个时候黯然退兵，与临阵脱逃有什么区别呢？"

于是，忽必烈命大将董文炳为先锋，继续进攻南宋。渡过长江之后，忽必烈分兵三路围攻鄂州。但由于鄂州军民奋勇抵抗，蒙古军围困鄂州2个月未能攻下，加之重庆宋军东下援鄂，宋丞相贾似道屯兵汉阳为后援，其他援鄂大军也已四面云集。而正在这时，忽必烈之妻遣使来报，留守帝国首都哈剌和林的幼弟阿里不哥大有夺取汗位之势。而当时忽必烈因为"汉化"倾向比较明显，正在逐渐失去蒙古正统派的支持，再者蒙哥大汗临终前也未明确指定由谁继位，凡此种种，对忽必烈颇为不利。忽必烈意识到局势的严峻，决定尽快撤兵，但又担心宋军乘机追击。恰在这时，南宋奸相贾似道派人前来议和，用割地赔款纳绢的屈辱条件，换取忽必烈撤兵。忽必烈的仓皇撤退一下子成了大胜而归！

忽必烈与南宋议和后返回开平府，于1260年3月，在汉族地主阶级及部分蒙古宗王的支持下即大汗位。4月，忽必烈设立中书省，总管国家政务；5月，忽必烈颁布《即位诏》法令，并建元中统。由于忽必烈在中原汉地自行集会称汗，并且推行汉法，明显违背了蒙古传统，引起了阿里不哥和蒙古正统派的强烈不满。而这时，阿里不哥在宗王等大多数蒙古正统派的支持下于蒙古帝国首都和林通过库里台大会即大汗位。忽必烈与阿里不哥随即展开了4年的汗位战争。1264年阿里不哥战败，忽必烈夺得蒙古汗国的最高统治权。1271年，蒙古大汗忽必烈公布《建国号诏》法令，取《易经》中"大哉乾元"之意，正式建国号为"大元"。

郝经

郝经（1223～1275年）字伯常，陵川（今山西晋城）人。其祖父郝天挺是元好问之师，郝经本人则深受元好问的影响。忽必烈即位前，在藩府中召见郝经，对他所陈述的治国方略极其赏识，即位后，授予翰林侍读学士之职。

一代国师八思巴

在忽必烈统治时期,有一位重要的人物不得不提,那就是国师八思巴。770多年前,八思巴法王降生在萨迦(sà jiā)昆氏家族。在这个部落割据、教派纷争、战火连绵、种族屠杀的动荡时代,他为救度众生而来,从小即表现非凡。在萨迦四祖萨迦班智达的悉心培养下,八思巴法王登上了历史舞台。作为萨迦祖寺第五代祖师,八思巴法王是藏族历史乃至华夏历史上的一位伟人,是一位爱国爱教大师、藏传佛教的杰出领袖。他的一生散发着奇异的光彩,为我们留下了丰富而宝贵的精神财富,他为中华民族统一和文化繁荣作出的历史性贡献,永远值得后人敬仰怀念。

八思巴出身名门望族,自幼聪慧过人,通晓佛学,相传3岁时就能口诵"莲花修法",8岁能背诵经文,9岁时就在法会上给别人讲经说法,故被称为"八思巴",即"圣者"之意。窝阔台汗时,蒙古军进入乌思藏地区,引起极大震动。1244年,萨迦班智达不顾年高体迈,接受蒙古皇子阔端的邀请,带领两个幼侄八思巴和恰那多吉赴凉州谒见蒙古窝阔台汗之子阔端,与蒙古皇子阔端举行了历史性的会盟。此次会盟不久,在1251年萨迦班智达病逝,临终时萨迦班智达任命八思巴为自己的法位继承人,即萨迦寺主持和萨迦派教主,当时八思巴刚刚17岁。从此八思巴逐步成为既是萨迦派的教主又可代表西藏地方势力的显赫人物,因而他对西藏地方乃至元朝中央政权起着重大作用。

1253年,忽必烈远征大理,需要借道川西藏族地区,为了防止出现不必要的麻烦,忽必烈派人到凉州请来八思巴。八思巴见到忽必烈后巧妙宣传宗教教义,以其渊博的学识和谦虚谨慎的美德,赢得了忽必烈的赏识与信任。先是

忽必烈王妃察必向八思巴请求传授萨迦派的喜金刚灌顶,后来忽必烈等共25人先后在八思巴跟前受密宗灌顶。忽必烈向八思巴奉献财宝作为灌顶的供养。真正以弟子的礼节尊其为上师,把他留在身边。

1255年,八思巴回到西藏受比丘戒,完成佛教出家僧人生活中最庄严的仪式。不久,八思巴又返回上都。在1257年,八思巴到佛教圣地五台山朝拜,成为第一个朝拜五台山的藏传佛教领袖人物。当时蒙古汗王对佛教、道教等不同派别的宗教还能够比较公平地对待。所以,佛教与道教之间常发生辩论事件。为了解决此事,蒙哥汗命忽必烈主持并判定两派优劣。于是,在1258年上都的宫殿隆重举行了佛道辩论会,辩论《老子化胡经》真伪。两派各有17人参加,佛教方以时年24岁的八思巴为首组成。24岁的八思巴作为佛教界的核心人物,才思敏捷、辩术高超,最终以其优异的表现,使道士词穷,佛教取胜;17名道士削发为僧,少许道观也随之改造成佛教寺院。八思巴由此也加深了对中原佛教的认识,为他担任国师,执掌全国佛教作了充分的准备。

1260年,忽必烈继任蒙古汗位,定了"以儒治国、以佛治心"的国策,把藏传佛教定为国教,并封八思巴为国师,授以玉印,任中元法主,管理全国的佛教事务。同时,八思巴根据道路情况,设置驿站,保证道路的畅通,为保证元朝中央政府对西藏地区的有效控制和施政,

奠定了坚实的基础，也促进了西藏与祖国内地的经济文化交流。1264年，八思巴以国师身份兼领总制院事，管理全国佛教及藏区事务，成为中央政权的藏族高级官员。第二年返回西藏，为元朝在西藏建立地方行政机构，建立起藏族史上著名的政教合一政权——萨迦地方政权。该政权代表元朝中央政府有效地行使着对西藏地方政教事务的管理。在此期间，受忽必烈之命创造蒙古文字。1269年，八思巴完成了以藏文字为基础的蒙古新字的创制，返回大都，献上所创制的蒙古新字——"八思巴字"。这种"八思巴字"是依照藏文的30个字母创制的，由41个字母构成，其语音拼读均按蒙语。八思巴向忽必烈呈献蒙古新字后，忽必烈极为高兴，并于1269年下诏，凡是诏书及各地方公文等均必须使用蒙古新字，试图在全国范围内推行这种新文字。1270年，忽必烈因八思巴创制文字有功封其为"帝师"，加封"大宝法王"，赐玉印，统领西藏13万户。八思巴在世任国师或帝师期间，除了推动藏族地区的政治经济文化全面发展之外，为元朝的稳定、发展以及全国各民族间的团结和文化交流，均作出过巨大贡献。

　　1280年，八思巴在萨迦寺拉康拉章去世，享年46岁。八思巴一生著作甚丰，达30余册，其中以《彰所知论》最为著名。八思巴在萨迦寺圆寂后，忽必烈又赐封号为"西天佛子大元帝师"。1320年，元仁宗下诏，在全国各地建造八思巴帝师殿，以此永远纪念这位功臣。

阔端

阔端，又名库腾，孛儿只斤氏。蒙古汗国宗王、大将，成吉思汗的孙子，太宗窝阔台的儿子。窝阔台汗时，得原西夏的部分地区为封地，驻河西，后又得东平路47741户为食邑。蒙哥即汗位后，因一向与蒙哥和善相处，未参与窝阔台家族失烈门等与蒙哥争夺汗位的斗争，未受株连，仍保有原封地和军队。卒于蒙哥汗元年，享年46岁。

贾似道误国

当忽必烈得到蒙哥的死讯时，有人劝他赶快回到北方去争夺汗位。忽必烈却说："我奉命来攻打宋朝，哪能空手回去？"于是，继续指挥军队渡过长江，围攻鄂州。

鄂州被围的消息一传到南宋的京城临安，立刻引起朝廷的震动。宋理宗命令各路宋军援救鄂州，又任命贾似道担任右丞相兼枢密使，到汉阳督战。

新任丞相贾似道，原是淮东制置使贾涉的儿子，但是在贾似道只有 11 岁时，父亲就去世了。贾似道在青少年时期，因为父亲死去，家道中落，又无人管教，曾一度落魄，在社会上游荡。他不务正业，经常酗酒赌博，沾染了一身流氓习气。后来，总算依靠他父亲做过制置使的"恩荫"，当了个嘉兴司仓的小官。再后来，宋理宗即位，贾似道的同父异母的姐姐贾氏被选入宫中。贾氏人既长得超众脱俗，心思又灵慧乖巧，不久就深受理宗的宠爱，被立为贵妃。贾似道也就成了皇亲国戚，于是开始平步青云。他先是做了管宗庙祭祀的太常寺丞和管武器制造的军器监。他利用职务贪污钱财，不管公事，整天在西湖上寻欢作乐。这时，他早年的流氓习气真正有了发挥之处，聚众赌博，出入妓院，挟妓游冶。尤其是在西湖之上，他的游船最大，歌妓最多，在夜间游湖时，灯火最明处肯定有贾似道的身影。

有一天晚上，理宗登高眺望西湖夜景，见湖上灯火通明，就对左右侍臣说："这必定是似道这小子。"次日前去询问，果然不错。在南宋末期，理宗提倡理学。贾似道挟妓浪游的行径实在太过于张扬，理宗觉得有损封建统治者的声誉，就命临安知府史岩之对贾似道提出警告。史岩之知道理宗宠爱贾妃，便乘

机为贾似道讲好话。他对理宗说："贾似道虽有形迹不检之处，只不过是少年习气罢了，并未伤于风化。而且观其才干，应该可以大用。"理宗听了这些话，就放下了心。他本来就不想处罚贾似道，这时，也就只能把他调到澧(lǐ)州去当知州。虽不是京官了，但品级未降，又有了实权，对于贾似道来讲，未尝不是好事。

1259 年 2 月，蒙古大汗蒙哥出兵三路，进攻南宋。南宋的边境重镇鄂州被围数月，董宋臣等人竟压住警报，不使理宗得知。后来大臣们慌了手脚，准备出逃，理宗才知有蒙古人来攻。理宗不思抗击，反让董宋臣、丁大全等人准备迁都逃亡，这一举措立刻引起了正直朝臣的强烈反对，在文天祥等人的强烈要求下，理宗只好贬逐了两人，让吴潜、贾似道主政。

贾似道当然没有指挥才能，更无作战的勇气。有一次，在移兵黄州的途中，远远看见一支队伍，以为是蒙古军袭来，贾似道吓得抱头叹息："这番死了！这番死了！"等军士报知前面的敌人不是蒙古军，而是一小股南宋的叛军，贾似道这才信心大增，指挥他这支占绝对优势的军队赶跑了叛军。当时，鄂州城的守卫战打得很激烈，城中军民死伤达 1 万多人，贾似道知道后早就被吓破了胆。当忽必烈扬言要进攻临安时，贾似道连忙遣使向蒙古人求和，自许了许多投降条件。但忽必烈拒绝议和，一面加紧攻打鄂州，一面准备进攻临安。这使得贾似道忧恐万状，一筹莫展。正在这时，忽必烈接到妻子密信，说一些贵族正准备立他的弟弟阿里不哥做大汗。忽必烈为了争夺汗位，准备起兵北还。可贾似道明知蒙古军即将撤走，偏偏又主动去求和，忽必烈正欲撤兵，乐得占个大便宜，就与贾似道签订了议和条约，贾似道答应把江北土地割让给蒙古，每年向蒙古进贡银、绢各 20 万，忽必烈这才带兵北还。

贾似道回到临安，将私订和约一事隐瞒不报，却抓了一些蒙古兵俘虏，诈称宋军大胜，不但击退了进攻鄂州的蒙古兵，还把长江一带蒙古势力全部肃清

了。宋理宗信了贾似道的弥天大谎，立刻给他加官晋爵，封他为少傅。

忽必烈回到北方即了大汗位后，想起了和贾似道订下的和议，就派使者郝经到南宋去，要求其履行和约。郝经到了真州后，先派副使带信给贾似道。贾似道怕骗局被揭穿，就将郝经扣留在真州。郝经被扣，忽必烈十分气愤，但即位之初政局不稳，忙于镇压反对势力，只得搁下了此事，让贾似道再次捡了便宜。

1271 年，元世祖忽必烈借口南宋不执行贾似道同他订立的和约，派大将刘整、阿术率军攻打襄樊。宋军屡战屡败，襄樊城被围困五年。贾似道把前线的消息封锁起来，不让皇帝知道。

一天，贾似道上朝时，皇帝问他："听说襄樊城已被蒙古兵围了几年，怎么办？"

贾似道撒谎说："蒙古军队早就退走了，陛下是从哪里听到这个消息的？"

皇帝说："是一个宫女告诉我的。"贾似道立即查出了这个宫女，派人把她活活勒死。从此，皇帝再也听不到蒙古军队进攻南宋的任何消息了。

襄樊终于被元兵攻破，贾似道再也隐瞒不住了。于是，他亲率 7 万宋军抵挡伯颜率领的蒙古军，同时派使臣向伯颜求和。伯颜拒绝议和，大败宋军。贾似道逃回扬州。不久即被革职放逐，走到漳(zhāng)州木棉庵时，押送官郑虎臣说："我为天下人除害！"举刀杀了贾似道。一代奸相终于命绝。

文 天 祥

文天祥(1236 ~ 1283 年)，汉族，吉州庐陵(今江西吉安市)人。文天祥以忠烈名传后世，受俘期间，元世祖以高官厚禄劝降，文天祥宁死不屈，从容赴义，生平事迹被后世称许。与陆秀夫、张世杰并称为"宋末三杰"。

扫码查看
☑ 中华故事
☑ 典故趣闻
☑ 能力测评
☑ 学习工具

襄樊之战

在蒙灭宋的战争中，有一场至关重要的战役，那就是襄樊之战。南宋襄樊两城地处南阳盆地南端，依岘(xiàn)首山而建，襄阳和樊城南北夹汉水互为依存，西临关陕，东达江淮，跨连荆豫，控扼南北，地理位置十分重要，自古以来就是兵家必争之地，也是南宋抵抗蒙古军队的边关重镇。

忽必烈在早年攻宋时，就已经认识到襄樊地理位置的重要，后经商挺、郝经、郭侃等谋臣献策，逐渐形成了先取襄樊，再直取临安的方略。忽必烈平定内乱后，遂着手整顿军队，督造战船，作攻宋的准备，经过五年的战争准备，已经具备了进行大规模战争的条件。

当时，宋朝有一位叫刘整的抗蒙名将，因为作战英勇，战功显赫，而有"赛存孝"之称。他对贾似道把持朝政，飞扬跋扈，排挤朝中大臣，坑害抗蒙将领的行为非常不满。并且刘整的功绩也遭到了贾似道的心腹大将吕文焕、俞兴等人的嫉妒。

自从贾似道把抗击蒙古的著名将领向士璧、曹世雄害死在监狱中以后，刘整深感不安，就率领部下投降了蒙古。由于他对宋朝的朝廷情况、军事布置等都非常清楚，忽必烈对他很器重，给了他高官厚禄。为了表示对蒙古的忠诚，刘整献上了灭南宋的策略：先攻襄樊，扫除障碍，然后沿着汉水入长江，直捣南宋京城临安。刘整认为，攻下襄樊，江淮地区就不可保，而拿下了江淮，整个江南也就唾手可得了。

刘整的建议，终于使忽必烈下定决心，采用先取襄樊的战略伐宋。首先，建立陆路据点，作为攻宋的根据地。早在1261年夏，忽必烈根据刘整建议，遣

使以玉带贿赂南宋荆湖制置使吕文德,请求在襄樊城外置榷场,吕文德应允。蒙古使者以防止盗贼、保护货物为名,要求在襄樊外围筑造土墙,目光短浅的吕文德竟然同意。于是蒙古人在襄樊东南的鹿门山修筑土墙,内建堡垒,建立了包围襄樊的第一个据点。1268 年,蒙将阿术在襄樊东南鹿门堡和东北白河城修筑堡垒,切断了援襄宋军之路。1270 年,蒙将史天泽在襄樊西部筑长围,又在南面的岘山、虎头山筑城,连接诸堡,完全切断了襄阳与西北、东南的联系,襄樊成为一座孤城。这一时期,蒙军在襄樊外围修筑 10 余处城堡,建立起长期围困襄樊的据点,完成了对襄樊的战略包围。其次,建立水军,寻求制服南宋的战术优势。

1267 年的安阳滩之战,蒙古军队虽然打败了宋军,但却暴露出水军不占优势的弱点。于是,刘整上奏忽必烈说:"我们蒙古兵精将强,所向披靡,现在只有水战还不如宋军。如果我们要在这方面超过宋军,就需要造战舰,训练水军,这样的话,灭亡南宋就是很容易的事了。"忽必烈听后,当即命令刘整按其意图办理,以便早日进取襄樊。刘整遂造船 5000 艘,日夜操练水军,又得到四川行省所造战舰 500 艘,建立起一支颇具规模的水军,从而弥补了战术上的劣势,为战略进攻提供了必要条件。

1270 年春,吕文焕为摆脱危局,以步骑 1.5 万人,兵船百余艘,突袭万山堡。蒙古军万户张弘范先按兵不动,等宋军深入,则击鼓奋击,一举获胜。宋军突围尝试遂告失败。同年 9 月,宋朝殿前副都指挥使范文虎领兵船 2000 艘前来援助襄樊。阿术、刘整等率军迎战于灌子滩,俘杀千余人,夺战舰 30 艘,追至云胜洲,大败宋军,范文虎乘轻舟逃遁。

1271 年 4 月,范文虎率军带大批钱粮再次援襄,与蒙古军战于湍(tuān)滩,又被击败。6 月,范文虎率舟师 10 万、战舰千余艘,第三次援襄,进至鹿门。当时汉水暴涨,阿术率诸将迎击,在汉水东西两岸列阵,先命失里伯、张禧所属水

军由正面出战；后分水军为四翼进击，追至浅水处，夺战舰近百艘，宋军败退。蒙古水军万户解汝楫（jí）等乘势追击，俘宋军总管朱日新、郑皋（gāo），大败宋军。在蒙古军严密包围下，宋军七次救援襄樊均被击败，守城军多次出击也未能取胜。经过5年围困，襄阳、樊城外援已绝，仅靠水上浮桥互相联系。

这时候，忽必烈宣布改国号为大元。元军将领都想尽快攻下襄樊向忽必烈献礼，于是在1272年秋采取了分割围攻战术。元将阿里海牙认为："襄阳与樊城之间，犹如齿与唇的关系。所以应先攻樊城，樊城下则襄阳可不攻而得。"为切断襄阳的援助，元军对樊城发起总攻。

1273年初，元军分别从东北、西南方向进攻樊城，忽必烈又派遣西域炮匠至前线，造炮攻城。元军烧毁了樊城与襄阳之间的江上浮桥，使襄阳城中援兵无法救援，樊城完全孤立了。刘整率战舰抵达樊城下面，用西域炮打开樊城西南角，进入城内。南宋守将牛富率军巷战，终因寡不敌众，牛富投火殉国，偏将王福赴火自焚，樊城陷落。

樊城失陷以后，襄阳形势更加危急。吕文焕多次派人到南宋朝廷告急，但一直也没有援兵到来。襄阳城中军民拆屋当柴烧，陷入既无力固守，又没有援兵的绝境。1273年2月，阿里海牙由樊城攻打襄阳，炮轰襄阳城楼，城中军民人心动摇，将领纷纷出城投降。元军在攻城的同时，又对吕文焕劝降，吕文焕感到孤立无援，遂举城投降元朝，襄樊战役宣告结束。

刘整 刘整（1212～1275年），字武仲，祖籍在今河南邓州市，曾以18骑袭破金国信阳，军中呼为"赛存孝"。1261年任潼川府路安抚副使兼知泸州时，以所领军队、土地、百姓向忽必烈投拜。文天祥和后代史家分别认定："亡宋贼臣，整罪居首"。

李庭芝苦战扬州

在襄樊战役的时候，宋朝殿前副都指挥使范文虎不听李庭芝的建议与督促，以致在援救襄樊的时候被蒙古军打败。李庭芝于是命智勇双全的张顺和张贵两位大将率兵救援襄阳。张贵杀出一条血路，终于带兵抵达襄阳。后来，张贵与范文虎约定在龙尾洲两面夹攻元军。谁知范文虎竟违约，以怀疑有伏兵为由，大军后退30里。元军事前得到情报，以逸待劳，早有准备。张贵孤军奋战，将士杀伤殆尽。他本人也受伤被生擒，最后不屈而死。襄樊失陷之后，李庭芝及其部将刘义、范友信被贬至广南。

元军攻破襄阳以后，乘胜追击，势如破竹，大举进攻两淮和四川。不久，元军就包围了扬州，两淮安抚制置使印应雷暴死，朝廷立即起用李庭芝制置两淮，守卫扬州。为了专心守淮东，不存私心的李庭芝上书，请夏贵分任淮西事务。1275年春，贾似道兵溃于芜湖，沿江诸将官或降或逃，没有一人能够坚守，而与之形成鲜明对比的是李庭芝所辖郡县的大多数将领都能坚守城池。

李庭芝的坚决抵抗，让元军非常地头痛，元军曾多次派人进入扬州城内劝降，李

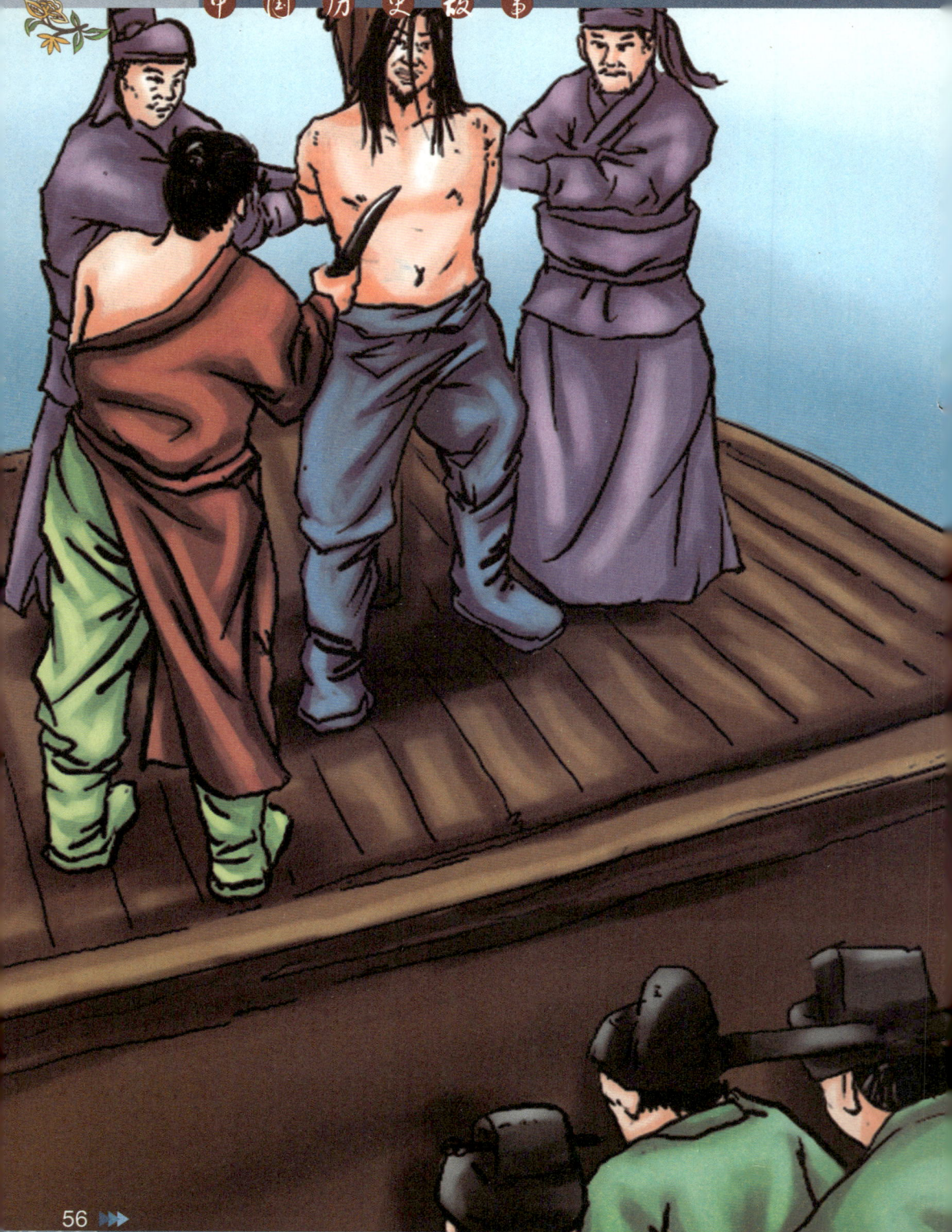

庭芝每次都将元劝降使者杀死,烧毁招降榜文,鼓励将士奋勇杀敌。为了激励士气,李庭芝还时常发放金帛、牛肉、酒食犒赏将士,因而人人为之奋死拼杀。朝廷也送钱款前来慰劳,并且加封李庭芝为参知政事。元军多次猛攻扬州,仍没有能攻下。1275 年 10 月,元帅阿术率军驻扎镇江,以扼制淮南的宋军。但阿术久攻扬州不下,于是就在城外筑起长围,想通过实行长久围困,使其粮尽援绝而不攻自破。

1276 年 2 月,南宋朝廷降元。但李庭芝、姜才等人仍然死守扬州等地,成为元军的心腹大患。元军就命令已经投降的南宋谢太皇太后和宋恭帝相继以下诏书的方式,要李庭芝投降,并派人持诏至扬州城下喊话,让李庭芝开城投降。李庭芝登城高呼:"我奉诏守城,从未听说过有诏旨要臣子献城投降的!"

不久,元军押送南宋太皇太后、恭帝等北上,途经瓜洲,元军又命谢太后、恭帝再颁诏劝降,谢太后还亲笔书写诏书,表示:"先前我曾下诏与你,要爱卿向大元缴纳钱款,但一直没有回音,不知你是否明白了我的意思。现在我与皇上都已经臣服于大元,爱卿仍然固守扬州,不知你是为谁守城?"李庭芝立于城头,静听城下使者宣诏已毕,并不答应,下令城上守军以劲弩向使者一行人发射,立刻击毙其中一人,剩下的人皆慌忙退走。过后,他又派部将姜才出兵救驾,然而没有成功。

1276 年 2 月,夏贵以淮西降元。阿术驱逼身着宋朝军服的淮西降卒至扬州城下。当时的场面既壮观又令人气愤,数万宋军降卒身着齐整的军服,排列整齐,在扬州城下立定,一言不发望向扬州城头。在他们身后,是一眼望不到边际的元军骑兵,皆手执利刃,虎视眈眈。见此情状,李庭芝惨然一笑,对身边幕僚说:"只不过是一死罢了!"阿术见扬州城上没动静,忙遣使者持忽必烈诏书招降。李庭芝命士兵开城门,迎入使者。然后,李庭芝命人把元军使者押上城头,当着数万淮西降兵与元军骑兵的面,一刀砍落使者的人头扔下,并焚烧了

招降的"诏书"。阿术无奈，只得挥兵回返。不久，淮安知州许文德、盱眙(xū yí)知军张思聪、泗(sì)州知州刘兴祖都因粮尽而降。但李庭芝仍在征收民间积粟供给士兵，民粟食尽，又命令扬州官员出粮，官员家的粮食也吃光了，就令军中将校出粮掺杂上牛皮、麸蛐(fū qū)供应士兵。士兵们感激李庭芝的抚恤，纷纷表示誓死效命，天天登城苦战。

这时，赵昰(shì)即位的消息传来，李庭芝响应勤王诏，留制置副使朱焕守扬州，他自己与大将姜才率 7000 兵突围奔泰州，想取道通州入海，南下福州。孰料，李庭芝刚刚率兵出城，朱焕就以扬州向元军投降。阿术一面分派精兵入扬州，一面指挥劲骑追击宋军，沿路杀掉千余人。李庭芝所率宋军腹空体乏，好不容易进入泰州，就被元军团团包围。泰州守将孙贵、胡惟孝又开城门降元。李庭芝闻听此变，知道事已不可为，遂投莲池自杀，但水浅没有死成，后被叛军绑缚，押回扬州。而姜才卧病在床，被都统曹国安绑缚，献给了元军。阿术对两人忠贞之举非常赞叹，本想劝降并重用他们，但朱焕担心李庭芝与姜才降后于己不利，竟向元军请求说："扬州自用兵以来，尸骸(hái)遍野，都是李庭芝与姜才造成的，不杀他们更待何时？"于是，元军命军士押二人于扬州闹市。李庭芝首先被斩首。临刑时，大英雄神色怡(yí)然。姜才被剐(guǎ)杀，仍旧骂不绝口。剐刑严酷，时间又长，其间，降元的老匹夫夏贵也来看热闹，姜才切齿嗔(chēn)目，骂道："见我如此，老贼你能不羞愧至死！"他们死的那天，扬州百姓都悲痛不已，流下了热泪。

张贵　张贵，南宋民兵将领，绰号"竹园张"。1272 年，与张顺应募率勇士 3000 救援襄阳。后出城接应郢州援军至龙尾洲，为元军所袭，身中十余枪，力战殉难。

赵宋魂断厓门山

　　襄樊失守后,江南危险,元兵乘胜南下,进逼临安。当时,宋恭宗赵显只有4岁,由太皇太后谢氏主政。她和大臣们一商量,赶紧下诏书要各地将领带兵援救朝廷。诏书发到各地,响应的人很少。只有赣(gàn)州的州官文天祥和郢(yǐng)州守将张世杰两人立刻起兵。文天祥带兵到了临安,右丞相陈宜中派他到平江防守。这时候,元朝统帅伯颜已经渡过长江,分兵三路进攻临安。其中一路从建康出发,越过平江,直取独松关。陈宜中又命令文天祥退守独松关。文天祥刚离开平江,独松关就被元军攻破,想再回平江,平江也失守了。文天祥只得回到临安,跟郢州来的将领张世杰商量,向朝廷建议,集中兵力跟元军拼个死战。但是胆小的陈宜中说什么也不同意。

　　随着元军铁蹄的步步逼近,宋廷方面,已经是惊惧至极,朝中乱成一锅粥。1276年初,元军三路大军会师,扎营于临安以北的皋(fù)亭山,真正是兵临城下。文天祥、张世杰上疏请宋帝入海暂避兵锋,表示他们二人将率守军背城一战。陈宜中不许,经与谢太后商量,派陆秀夫去平江见伯颜,表示宋朝可以向元朝称侄或称侄孙,只要元朝能够停止用兵,一切都答应。伯颜仍不答应,非坚持要宋"称臣"。陆秀夫回临安复命,谢太后哭泣着说:"只要能保存社稷,称臣也可以。"于是,派人携传国玉玺出城交与伯颜,准备投降。伯颜接受玉玺,并要南宋丞相亲自去谈判投降的事宜。陈宜中害怕被扣留,不敢到元营去,逃往南方去了。张世杰见宋廷不战而降,非常气愤,率所部离去,屯军定海,以观望形势。谢太后没办法,只好宣布文天祥接替陈宜中做右丞相,要他到伯颜大营去谈判投降。文天祥到了元营,起初还想以口才说服伯颜退军,保全残宋社

稷。但伯颜不为所动，让别的使者先回临安去跟谢太后商量，却把文天祥留下来。文天祥知道伯颜不怀好意，向伯颜抗议。伯颜装出若无其事的样子说："您别发火，两国和议大事，正需要您留下商量嘛。"

返回临安的宋使，把文天祥拒绝投降的事回奏谢太后。谢太后一心投降，改任贾余庆做右丞相，到元营去求降。伯颜接受降表后，再请文天祥进营帐，告诉他朝廷已另外派人来投降。文天祥气得把贾余庆痛骂一顿，但是投降的事已无法挽回了。同年二月初五，宋恭帝率百官正式举行了投降仪式。

宋朝投降后，文天祥被元军押解回大都。途中路过镇江的时候，趁看守不备，文天祥逃出了元营，乘小船到了真州。在那儿，他得到张世杰和陈宜中在福州拥立新皇帝即位的消息，就决定到福州去。

1276年6月，陈宜中、张世杰在福州拥立益王赵昰为帝，改元景炎，进封皇弟赵昺(bǐng)为卫王。以陈宜中为丞相兼枢密使，都督诸路军马；张世杰为枢密副使；陆秀夫为直学士。不久，文天祥赶至，诏拜枢密使兼都督。1277年9月，为和当时在江西的文天祥相呼应，张世杰派出10万大军，遣两位都统率

领,想收复建昌。结果,宋军遭遇元将李恒率领的军队,宋军被杀得溃不成军。元军进逼,又破建宁府,陈宜中、张世杰等人不得不奉幼帝及卫王与杨太妃登舟逃跑。宋帝赵昰船到井澳,忽遇飓风,其所乘巨舟被巨浪击翻,小孩子差点被淹死,经过这一番惊吓后,得了重病。由于元军穷追不舍,众人拥宋帝入海而逃,在海上又被元军大败一场,宋帝的舅舅俞如珪(guī)也被元军生俘。南宋残军本想拥宋帝入占城,因风大而不行。不久,宋帝赵昰就病死于石冈州。

这时群臣见形势艰难,多欲散去。陆秀夫挺身而出,劝阻道:"度宗皇帝还有一个儿子,古人有以一支小队伍而成就大事的,现在我们百官都在,士卒数万,上天要是还不想灭绝我大宋的话,这岂不是正好可以立国吗?"于是,众人拥立年方8岁的卫王赵昺为帝,改元祥兴。这时陈宜中在海南去世,陆秀夫为丞相,与张世杰共事。

时任元朝江东宣慰使的汉将张弘范立功心切,他回大都入觐忽必烈,建议说:"张世杰立赵昺于海上,闽、广两地有很多人响应,臣认为应该派大军剿灭,免得留下后患!"忽必烈大喜,立命张弘范为蒙古、汉军都元帅。在元军的进攻下,宋军节节失利,不得不退守厓山。厓山又名厓门山,控扼南海,是宋末抗元的最后据点。在这里,张世杰用联舟为垒的方法,守住峡口。张弘范派人招降,张世杰不降。张弘范分兵堵截。宋军被围,元兵四面攻击,不由得宋军不走,就是赤胆忠心的张世杰也只好突围,带着16条小舟,夺路自去。陆秀夫抱幼帝投海而死,张世杰后也因船翻而死。

张 弘 范

张弘范(1238～1280年),字仲畴,祖籍河北易州定兴,元朝著名的军事家、统帅。曾参加过襄樊之战,后跟随元帅伯颜灭宋。另张弘范在文化上也有非凡的造诣,留下许多元曲,被收入《元曲三百首》。

忽必烈两次东征

在大元的军队正在与南宋军队鏖战的时候，一个孤垂海外的小国——日本，引起了忽必烈的注意与不满。元世祖忽必烈也是从高丽人的口中才知道了在中国东面的大海中有这么一个小小的岛国。当时强大的大元王朝，在大陆地上几乎横扫一切了，只剩下一个南宋在苟延残喘，灭亡也是迟早的事情，于是忽必烈就把他的目光瞄准了日本。这时，与大元王朝建有外交关系的国家遍及两大洲，唯有日本尚未与其通好。元世祖忽必烈对于日本独立于大元王朝势力之外的状况，是绝对不能允许的。

其实早在 1266 年，忽必烈就曾派兵部侍郎黑的、礼部侍郎殷弘出使日本，向日本人通报新朝在中国建立的消息，并请他们向新皇帝进贡。但由于高丽向导的原因未能到达日本。次年 6 月，忽必烈再派黑的等出使，并严令高丽方面务必将使臣护送到日本。高丽国王派其朝臣潘阜等代替蒙古使节传书，日本国执政的镰仓幕府拒不答复元朝国书，潘阜等人不得要领而归。1268 年，忽必烈第三次派黑的等人出使日本。元使到达对马岛，仍被日本国拒之门外。后来 1271 年和 1272 年，忽必烈又两次派秘书监赵良弼出使，传达了旨意：如果日本再不向大元朝称臣纳贡，蒙古人即将出兵。但使者都滞留在日本太宰府，未能进入其京都。日本人很干脆地拒绝了元朝的旨意，并且下令积极备战。面对这样的冒犯，君临天下的忽必烈决定向日本发起战争攻势。

1274 年 11 月，元世祖忽必烈任命凤州经略使忻(xīn)都为征东都元帅、高丽军民总管洪茶丘为右副帅、汉人刘复亨为左副帅，远征日本。远征军从高丽合浦出发，直捣日本。元军在战争开始阶段取得了很多辉煌战果，轻易地占领

了对马岛和壹岐(yī qí)岛，并于 11 月 19 日在位于古老的九州首府太宰府附近的博多港登陆。此时的日军处于不利的形势，不得不暂时退却到大宰府附近。由于地形不利于大部队展开追击，而且天色已晚，副帅刘复亨又中箭受伤，元军就停止了进攻。当晚，元军召开军事会议，由于后援、给养不足，多数将领主张撤退。于是忻都下令撤退，不幸的是，撤退当晚竟遭到台风侵袭，当时由于不熟悉地形，元军停泊在博多湾口的舰队一片混乱，不是互相碰撞而翻，就是被大浪打沉；午夜后，台风渐停，但暴雨又降，加上漆黑一片，落海的兵卒根本无法相救。忻都怕日军乘机来袭，下令冒雨撤军回国。

忽必烈听到征服日本失败的消息后，感到非常震惊，但他当时正把全部精力投入到征服南宋的战役中，无法腾出手来立即向日本人复仇。于是，在 1275 年忽必烈又向日本派遣了一个使团，由杜世忠和何文著带领，要求日本称臣，否则再度兴师讨伐日本。日本当局正因为最近的军事胜利而趾高气扬，并相信他们的神拯救了他们，于是把使节处死，进一步加深了与中国王朝的嫌隙。于是在忽必烈彻底灭亡了南宋以后，发动了一场大规模的远征。1281 年，元

帝国庞大的远征军由江浙和朝鲜两地同时出发,阵容十分壮观。

北方舰队于 5 月底抵达博多湾,在等待南方舰队期间,蒙古人轻易攻占了博多湾的几个岛屿,岛上的居民全部遭屠杀,岛上的建筑物也被焚毁。6 月上旬,南方舰队抵达,两支庞大舰队在九州外海会合,之后元军开始登陆作战。这次远征军遇到了更顽强更有效的抵抗。日本人最成功的一次反击击溃了高丽军主力,高丽军统帅洪茶丘被俘杀,几名蒙古高级指挥官也相继阵亡。激烈的战斗持续了一个多月,忽必烈远征军的损失已超过 1/3,但依然不能突破石墙。到 7 月下旬,元军的粮草和箭已基本告罄,此时无论蒙古人还是日本人大概都以为这次战争的结局将和上次相同,会以元军的撤退收场。结果太平洋上突然刮起的一阵猛烈的飓风,彻底摧毁了元军的斗志。元军南方舰队的舰船基本被毁,北方舰队的舰船也损失大半。北方舰队剩余的舰船搭载指挥官以及部分蒙古军和高丽军逃离战场驶返高丽。南方军的指挥官和部分高级官员眼看回天无术,也只得丢下大部队,乘南方舰队残存的几艘船逃离。

两次出师失利,并未使忽必烈放弃征服日本的计划。1283 年初,忽必烈下令重建攻日大军,建造船只,搜集粮草,引起江南民众的强烈反抗,迫使其暂缓造船事宜。1285 年,再次下令大造战船,后因部分大臣反对,忽必烈才不得不于 1286 年初下诏罢征日本。此后,元朝虽然还有过征伐日本的议论和准备,但均未能实现。

高丽 高丽(918 ~ 1392 年),又称高丽王朝、王氏高丽,是朝鲜封建王朝之一。高丽人是今朝鲜族的主要来源,现在我国的延边自治州,以及韩国和朝鲜的主要民族都是朝鲜族。

文天祥丹心照汗青

　　赵昰在福州称帝的时候,文天祥曾经赶过去朝拜,被封为枢密使兼都督。之后,文天祥离开福州,来到南剑州开督府,召集各地的文臣武将组成一支督府军,继续抗击元军。1278年冬,文天祥率领的部队遭到元将张弘范的攻击,兵败被俘。文天祥被俘后曾服毒自杀,但没有成功。之后,他被押送到了潮阳,受到张弘范的当庭审讯,在左右士卒威逼下拜的喝令声中,文天祥威而不屈地肃立于大堂之上,他气宇轩昂,志节凛然,目光炯炯,震慑住了在场的所有的人,张弘范转而以待客之礼来接待他。张弘范希望能够借助文天祥的声望,写信诱逼张世杰归降。文天祥感伤地说:"兵荒马乱、转战南北之际,我连自己的父母都保护不了,这已是为人子者永生的遗憾,我怎么可能再诱逼别人,去背叛他们自己的父母呢!"张弘范不听,一再强迫文天祥写信。文天祥于是将自己前些日子所写的《过零丁洋》一诗抄录给张弘范。张弘范读到"人生自古谁无死,留取丹心照汗青"两句时,不禁也受到感动,不再强逼文天祥了。

　　元军攻下厓门山灭亡南宋以后,张弘范召集将领,举行庆功宴会,把文天祥请来。宴会席上,张弘范对文天祥说:"现在宋朝已经灭亡了,你的忠孝之心也随之仁至义尽。如果你能回心转意,以效忠宋朝之心,来奉事元朝,就还能保持你丞相的地位。"

　　文天祥忍不住悲从中来,含着眼泪对张弘范说:"眼睁睁看着国家灭亡,我身为宋朝大臣,没能够挽回局势,死了还有罪孽,怎么可能苟且偷生、背叛主上呢?"

　　张弘范一再劝降都没有结果,只好向元世祖忽必烈请示如何处理文天祥,

元世祖回复说："哪个朝代还能没有忠臣呢？"于是，就命令张弘范对文天祥以礼相待，派人护送文天祥，前往元朝的大都。在被押往大都的路上，文天祥曾想要以绝食的方式自杀，他一连绝食8天。元军怕他饿死，就捏住他的鼻子，硬往他嘴里灌稀粥。他这次殉国就又没有成功。

1279年10月，文天祥被押送到了大都。文天祥刚到大都的时候，被软禁在会同馆，这是大都一家比较高级的旅馆，而且用美酒好菜招待他。但文天祥根本就不为所动。于是，元世祖首先派降元的原南宋左丞相留梦炎对文天祥现身说法，进行劝降。文天祥对这个叛徒早已深恶痛绝，现在见他居然厚着脸皮来劝降，更是火冒三丈。没等留梦炎开口，就一顿痛骂，把留梦炎骂得抬不起头，灰溜溜地走了。

元世祖一看留梦炎没有成功，就又让降元的宋恭帝赵㬎来劝降。文天祥一见到宋帝，就面朝北面跪在地上，痛哭流涕，对宋帝说："圣驾请回！我没什么好说的了。"宋帝无话可说，快快而去。元世祖大怒，于是下令将文天祥的双手捆绑，戴上木枷，关进兵马司的牢房。文天祥入狱十几天，狱卒才给他松了手缚；又过了半月，才给他褪下木枷。

过了一个月，元朝丞相博罗把文天祥提到元朝的枢密院，亲自审问。文天祥被押到枢密院大堂，昂然而立，不肯下跪，只是对博罗行了一个拱手礼。博罗恼羞成怒，喝令左右动手，将文天祥强行按倒在地上。

博罗问文天祥："你现在还有什么话可说？"

文天祥坦然说："自古以来，国家有兴有亡，帝王、将相被杀，哪代没有？我为宋朝尽忠，只愿早死！"

为了缓和气氛，博罗谈起了与审问无关的话题："你说有兴有亡，那自从盘古到现在，有几个帝王，你倒说来听听。"

文天祥说："一部十七史，从哪里说起？我今天不是到这里来应考，哪有心

思跟你们闲扯。"

　　博罗被文天祥抢白几句,气得吹胡子瞪眼睛,喝令把文天祥押回兵马司。他想杀掉文天祥,但元世祖很欣赏文天祥的才华和忠贞的气节,不同意杀害他。

　　文天祥被关进了一间又矮又窄、阴暗潮湿的牢房里。在这个牢房里,一关就是3年。在这3年中,恶劣的环境只能折磨他的身体,却并不能摧毁他的意志。他相信,只要有爱国爱民族的浩然正气,就能够战胜一切恶劣的环境。文天祥在牢房中,写下了千古传诵的《正气歌》,表达自己反抗元朝统治的思想感情,歌颂了春秋战国以来历史上许多忠君爱国的英雄义士,决心向他们学习,

保持自己的浩然正气,决不屈膝投降。

文天祥坐牢的第三年,河北中山府发生了农民起义。起义领袖自称是宋代皇室的后裔,聚集几千人,号召大家打进大都,救出文丞相。这一下,使得元朝统治者人心惶惶。于是忽必烈亲自提审,做最后的劝降。文天祥以外臣之礼长揖不跪。忽必烈许下承诺,只要他归顺元朝,就任命他为宰相,但是文天祥拒绝了。他说:"身为宋朝宰相,朝廷对臣下的深恩如同大海一样深广,我誓死效忠的志节永生都不会改变,怎么可能会侍奉另一个主人呢?"

看到他的志节分毫都无法摧折动摇,忽必烈问道:"那你希望我如何处置你?"

文天祥说:"赐我一死吧。生为宋臣,与国家共存共亡,我了无遗憾。"

元世祖知道劝降已没有希望,才叫侍从把文天祥带出去。第二天,就下令把文天祥处死。

1283年1月9日,文天祥戴着镣铐,神色从容地来到刑场。临刑之前他面向南方,对着大宋国土遥遥而拜。然后坦然而又从容地对监斩官说:"我的事已了,无所遗憾了。"

随后,文天祥慷慨就义。这一年,文天祥仅49岁。行刑后,人们发现文天祥的衣带中有自赞的几句话:"孔曰成仁,孟曰取义。唯其义尽,所以仁至。读圣贤书,所学何事?而今而后,庶几无愧。"

《过 零 丁 洋》

《过零丁洋》,作者文天祥,这首诗是他在1279年初过零丁洋时所作。诗中概述了自己的身世命运,表现了慷慨激昂的爱国热情和视死如归的高风亮节,以及舍生取义的人生观,是中华民族传统美德的最高表现。

郭守敬修订历法

　　在元世祖忽必烈还是藩王的时候,他的身边就聚集了很多汉族学者为他出谋划策,治理地方。在这些人中,最为杰出,也最为元世祖忽必烈信任的就要数刘秉忠了。刘秉忠被誉为大元帝国的设计师、元世祖忽必烈的第一谋臣。刘秉忠去世之前,握着元世祖忽必烈的手说:"朝廷的典章制度,刑狱律法,都制定好了。唯有重修历法的事,还没来得及做。现行的《大明历》错讹颇多,很不准确。再说,大元朝江山一统,地域空前辽阔,各地日落日出的时间,气候寒热冷暖的变化,播种收获的日期等等,差异都很大,急需一部新的历法。制定这样一部历法不容易,需要重新测量和计算。可惜,我无法完成了。"

　　说这话时,刘秉忠流露出惋惜和愧疚。忽必烈本以为刘秉忠会为自己的后事提一些要求,没想到他想的居然是朝廷的事,忽必烈的眼里涌出了泪水,安慰刘秉忠说:"这个你放心,朕已经考虑过了,正想征求你的意见呢。你觉得谁比较合适来做这件事情呢?"

　　刘秉忠脸上露出了难得的笑容,说:"臣想举荐的是郭守敬,也只有他能担当此任。"

　　忽必烈说:"你放心吧,我会传谕枢密张文谦和左丞相赵璧,全力配合,要人给人,要钱给钱。你看,这样可以吧?"

　　刘秉忠满脸堆笑,却不回答忽必烈的问话。忽必烈好生疑惑,用手一试刘秉忠的口鼻,已经去世了。忽必烈万分悲痛,歇朝三天,按王爷规格为刘秉忠举行国葬。

　　被刘秉忠如此看重的郭守敬是元代一位杰出的科学家。郭守敬,字若思,

1231 年出生于元顺德邢(xíng)州。幼年丧父,由其祖父郭荣抚养长大。郭荣知识渊博,精通五经数学和水利等,并喜欢交友,与当时学界、政界名人刘秉忠、张文谦、张易等人均为好友。这样的家庭环境对郭守敬产生良好影响,使他从小就认真读书并喜欢自然科学。郭荣为了让他孙儿开阔眼界,得到深造,曾把郭守敬送到自己的同乡老友刘秉忠门下去学习。刘秉忠是当时著名的天文学、地理学家,郭守敬在他那儿得到了很大的教益。1251 年,刘秉忠被元世祖忽必烈召进京城去了。刘秉忠离开邢台之前,把他介绍给了自己的老同学张文谦。郭守敬就跟着张文谦到各处勘测地形,筹划水利方案,并帮助做些实际工作。几年之间,郭守敬的科学知识和技术经验更丰富了。

郭守敬在祖父和老师的教诲下,学问大有长进。在十五六岁时,他得到一份《石本莲花漏图》。"莲花漏"是北宋人燕肃创造的一种计时器,计时准确,但结构复杂。燕肃在创制时,曾留下一幅图样,后来有好多能工巧匠对图样反复研究,却不能琢磨出其中奥妙。未及弱冠的郭守敬动了一番脑筋,竟然摸清了它的原理和内部结构,还照图复制了一具,受到人们称赞。1262 年,郭守敬 32 岁,经张文谦推荐,元世祖忽必烈在上都召见了他。郭守敬向忽必烈提出了 6

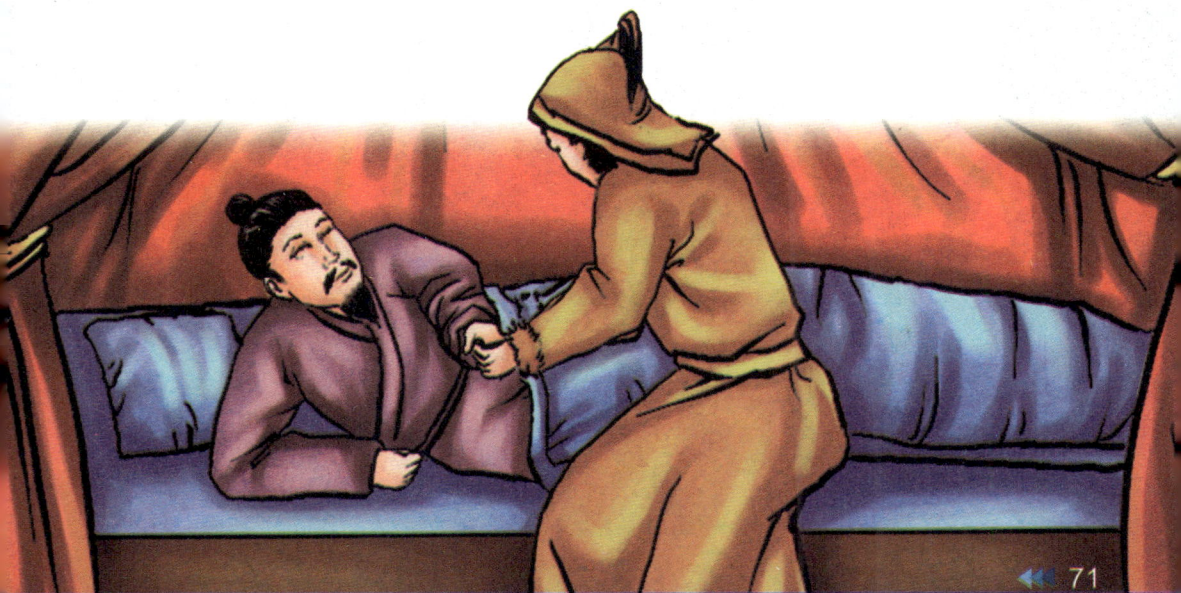

项发展华北平原水利事业的建议,忽必烈大为惊叹,感慨地对臣僚说,干事的要是都这样,就不算白吃饭的了。随即,郭守敬被委以重任,开始了他惊天动地的事业。

1276 年,元世祖忽必烈在办完刘秉忠的丧事后,将郭守敬招到勤政殿,对他说:"你的老师刘秉忠临终前向我推荐你,让你负责修著历法,修著历法也是他的遗愿了,你可愿意担当此任?"

郭守敬连忙磕头说:"臣定当竭尽全力,呕心沥血,完成测量和制订新历的任务,不负先师遗愿。"

忽必烈说:"好。朕让王恂做你的助手,枢密张文谦和左丞相赵璧协助。"

　　这时，郭守敬又向忽必烈提出了两点要求：一是，他认为原有的观察测量仪器太笨重落后，不仅使用不方便，而且误差很大，不够准确。为了制订出精确的新历，必须改造和重新制作一批测量仪器。二是，当年，唐朝一行和尚测量时，在全国共设了13个观测点。元朝的疆域比唐朝大不少，为了获得准确数据，最少也要设27个观测点，而且，每个观测点都要常年有人日夜监测。忽必烈一一恩准。

　　于是，郭守敬与王恂、许衡等一批科学家一起，首先将前代所留仪器收集一处，反复研究其构造特点，并率人不辞辛苦地在大都甚至远达南海进行实地观测，考察了旧仪器的不足，提出了一整套改革创制新仪器的方案。随后请来高明的工匠和他一起，搭起了高大的工棚，动工冶铸。先后创制和改进了简仪、高表、候极仪、浑天象、仰仪、立运仪、景符、窥几等十几件天文仪器仪表。这之后，又经过4年的辛苦努力，在王恂、郭守敬等人的集体努力下，到1280年春天，一部新的历法宣告完成。按照"敬授民时"的古语，取名《授时历》。同年冬天，正式颁发了根据《授时历》推算出来的下一年的日历。

　　《授时历》颁行不久，王恂就病逝了。那时候，有关这部新历的许多算草、数表等都还是一堆草稿，不曾整理。于是最后的整理定稿工作全部落到郭守敬的肩上。他又花了两年多的时间，把数据、算表等整理清楚，写出定稿。

　　为纪念郭守敬的功绩，人们将月球背面的一环形山命名为"郭守敬环形山"，将小行星2012命名为"郭守敬小行星"。

《授时历》

　　《授时历》是中国古代最优秀的历法，也是行用时间最长的历法，施用360多年。它使用了当时世界上最为精确的天文资料，如它的回归年的长度365.2425日，和现行的公历所采用的数值是一样的，但比西方早采用了300多年。

欧洲来客马可·波罗

在忽必烈统治时期，元朝廷中曾经有过一位很特殊的宠臣，他就是欧洲来客——马可·波罗。马可·波罗的父亲尼古拉·波罗和叔父玛飞·波罗，原本是威尼斯的商人。兄弟俩常常到国外去做生意。有一次，他们到中亚做生意的时候，当地发生了战争，他们的货物也被抢了，他们只好躲到中亚细亚的一座叫做布哈拉的城市里，渴望在这儿能够挣到一笔钱，然后好返回家乡威尼斯。

正在他们一筹莫展的时候，忽必烈的一个使者经过布哈拉，见到这两个欧洲商人，感到很新奇。这个使者就想："如果我能把这两个欧洲人带回去，引荐给大汗的话，大汗一定会很高兴，我的奖赏就少不了。"于是，他就对尼古拉兄弟说："你们不是想做生意嘛，那就跟我走吧，我们那里要比这里富裕得多了，遍地都是黄金，只要你肯去，保证你发财。而且我们那里也很安全，不像这里总打仗。"使者的想法是，先把他们俩忽悠去了再说，等到了地方，还不是自己说了算。

尼古拉兄弟也不是很相信使者说的话，但在布哈拉也确实挣不到什么钱，而且他们本来就是喜欢到处游历的人，听说有这么个机会可以到东方的大国去走一走，看一看，也许还能发财，他们也就答应了。于是，两人就跟随使者一起到了上都。忽必烈听到来了两个欧洲客人，果然十分高兴，在他的行宫里接见了他们，问这问那，特别热情。忽必烈从他们那儿听到了一些欧洲的情况，对他们的教皇很感兴趣，就要他们回欧洲的时候跟罗马教皇捎个信，请教皇派人来传教，并赏赐给了他们一些金银珠宝。尼古拉兄弟非常高兴，心想："还真

的发财了啊!"两人就告别了忽必烈,离开中国。在路上走了三年多,才回到威尼斯。这时候,马可·波罗已经是 15 岁的少年了。

他们回家后,小马可·波罗天天缠着他们讲东方旅行的故事。马可·波罗听父亲和叔父说起中国的繁华情况,十分羡慕,就下定决心要跟父亲和叔叔到中国去。

1271 年,马可·波罗 17 岁时,父亲和叔叔拿着教皇的复信和礼品,带领马可·波罗与十几位旅伴一起向东方进发了。他们从威尼斯进入地中海,然后横渡黑海,经过两河流域来到中东古城巴格达,从这里到波斯湾的出海口霍尔木兹就可以乘船直驶中国了。然而,船走到半路的时候,遇到了海盗,不得不改走陆路。他们越过荒凉恐怖的伊朗沙漠,跨过险峻寒冷的帕米尔高原,一路跋山涉水,克服了疾病、饥渴的困扰,躲开了强盗、猛兽的侵袭,终于来到了中国新疆。忽必烈听说尼古拉兄弟来了,派人从很远的地方把他们迎接到上

都。这时已是 1275 年的夏天，忽必烈已经即位称帝，距他们离开祖国已经过了四个寒暑了！

尼古拉兄弟带着马可·波罗进宫拜见元世祖，并向忽必烈呈上了教皇的信件和礼物。忽必烈很高兴，又跟他们谈起了路上的见闻，并赞叹他们克服了一路的艰辛。这时，忽必烈一看尼古拉身边多了一个少年，诧异地问这是谁，尼古拉回答说："这是我的孩子，也是陛下的仆人。"

忽必烈见到马可·波罗英俊的样子，连声说："你来得太好了。"

之后，忽必烈特意请他们进宫讲述沿途的见闻，并携他们同返大都，后来还留他们在元朝当官任职。聪明的马可·波罗很快就学会了蒙古语和汉语。忽必烈发现他进步很快，十分赏识他，没有多久，就派他出去办事。忽必烈喜欢了解各地风俗人情，过去，朝廷使者到各地去视察，回来的时候，问他们风俗人情，都讲不出。马可·波罗出去，每到一处，都留心考察风俗人情。回到大都，就向忽必烈详细汇报。忽必烈听了，直夸马可·波罗能干。以后，凡是有

重要的任务，忽必烈总派马可·波罗去。马可·波罗借奉元世祖之命巡视各地的机会，走遍了中国的山山水水，中国的辽阔与富有让他惊呆了。他先后到过新疆、甘肃、内蒙古、山西、陕西、四川、云南、山东、江苏、浙江、福建等地，还出使过越南、缅甸、苏门答腊。他每到一处，总要详细地考察当地的风俗、地理、人情。在回到大都后，又详细地向忽必烈大汗进行了汇报。

马可·波罗他们三个人这一待就是 17 年，日子一久，三个欧洲人不免想念家乡。1292 年春天，马可·波罗和父亲、叔叔受忽必烈大汗委托，护送一位蒙古公主到波斯成婚。他们趁机向大汗提出回国的请求。大汗答应他们，在完成使命后，可以转路回国。1295 年末，他们终于回到了阔别 24 载的亲人身边。他们从中国回来的消息迅速传遍了整个威尼斯，他们的见闻引起了人们的极大兴趣。他们从东方带回的无数奇珍异宝，一夜之间使他们成了威尼斯的巨富。人们给马可·波罗起了个外号，叫做"百万家产的马可"。

1298 年，威尼斯与热那亚爆发了战争，马可·波罗自己花钱买了一条战船，亲自驾驶，参加威尼斯的舰队。结果，威尼斯打了败仗，马可·波罗被俘，关在热那亚的监牢里。热那亚人听说他是个著名的旅行家，纷纷到监牢里来看他，请他讲东方和中国的情况。跟马可·波罗一起关在监牢里的有一个名叫鲁思梯谦的作家，他把马可·波罗讲述的事都记录了下来，编成一本书，这就是著名的《马可·波罗游记》。

布 哈 拉

布哈拉是乌兹别克斯坦第三大城市，位于丝绸之路的布哈拉已有 2500 多年的历史。它是中亚中世纪建筑物保存完好的城市的范例。其有名的纪念物有伊斯梅尔萨马尼的墓碑，公元 10 世纪穆斯林的建筑杰作以及 17 世纪的一批建筑。

阿合马之奸

忽必烈登上汗位后，面临的最迫切的问题就是财政问题。他的每一次军事行动都让朝廷的财政不堪重负。先是打败他的弟弟阿里不哥，接着镇压李瓒的叛乱，之后又发动灭亡南宋的战争，还有对高丽国王的军事支援，对中亚各国的军事打击，而对日本东征的失败更进一步打击了元朝的财政状况。同时，忽必烈启动的建设项目，包括上都和大都的营建，每一项都是耗资巨大。忽必烈对艺术的支持，和越来越奢华的宴乐和狩猎活动，消耗了大量的宫廷和国库收入。设立驿站、修筑道路、促进农业经济以及公共工程项目的维护等，都大大增加了朝廷的开支。军事远征、建筑计划以及公共建设加在一起，使得元廷财政难以承受，因此，增加额外的收入势在必行。忽必烈迫切需要一批会理财的大臣来替他解决困难。于是，一个善于搜刮民脂民膏的理财大臣阿合马得到了重用。忽必烈这样做，只不过采用了他的先辈所采用的同样政策。窝阔台和蒙哥都曾雇佣穆斯林作为财政总管和行政总管。

阿合马是花剌子模国的商人，早年的时候，他投靠了忽必烈的岳父陈那颜，陈那颜的女儿察必成了皇后之后，阿合马作为侍从进入了皇宫。商人出身的他非常善于观察，由于长时间在皇后周围服侍，阿合马就看出了忽必烈的心思。于是在1262年，阿合马找了个机会向忽必烈献策，提出了增加国库收入的计划。忽必烈听了他的计划后，心中非常高兴，认为他是一个人才，就任命他为诸路都转运使，负责朝廷的财政事务。

得到忽必烈的重用以后，阿合马很是有一番作为。首先，他了解到河南等地都有铁矿，以前官吏都是根据铁的多少作为税额。于是，他在钧州、徐州兴

办了炼铁业，每年产铁103.7万斤，可铸成农具20万件，换成官粮4万石；其次，就是增加盐税。阿合马上奏说："河东向来多盐池，太原的百姓熬煮私盐后到处贩卖。各地百姓贪图他们的盐价钱便宜，争相购买食用，解州的官盐因此卖不出去，每年上缴的盐税银子也就只有7500两。请朝廷从今年开始增加太原的盐税银子5000两，不论和尚、道士、军士、匠人，都要缴纳盐税，民间私盐可以根据他们自己的方便。"阿合马的这两项措施收到了立竿见影的效果，第二年，朝廷的财政状况就得到了很大的改善。忽必烈高兴极了，心想："自己还真是知人善任啊，阿合马真的是理财方面的能臣。"于是在1264年，忽必烈升阿合马为中书平章事。

阿合马初步取得成效后，他继续采用各种方法在全国各地增加赋税，开办各种官营矿场、作坊，控制国内外贸易，对许多商品实行官卖官买。他禁止私人生产铜铁具，改为由政府专门生产。而且他还建立了国家对茶、酒、醋、金、银的专卖，而且获利丰厚。最让百姓痛苦不堪的是，阿合马居然将药材也列为国家专卖。他还建立了提举司，监督从事专卖品生产和销售的手工业者和商人，防止私自买卖这些产品。总之，阿合马的政策为国库赚取了大量金钱。由于阿合马在理财方面的卓越表现，在1266年，忽必烈设立制国用使司，下旨任阿合马以中书平章政事兼领使职，全国财权皆集于他一人之手。后来，又设立尚书省，裁撤制国用使司，又任命阿合马为平章尚书省事。

阿合马在想尽办法为朝廷增加税收的同时，也借这些政策牟取暴利，中饱私囊。而

随着官越做越大，仗着忽必烈的信任，他也越来越目中无人。阿合马让自己的儿子当上了大都路总管，不通过中书省和吏部，就把自己的子侄亲信安排在各个要害部门，他的子侄不是做参政，就是做尚书。随意添加各种税收部门，录入人员多达 500 余人，大半是阿合马的爪牙。他卖官鬻爵，受贿发财，倚仗自己理财的特权，派人经商，从中获得巨利。他重用的一批官吏，到处敲诈勒索，害得百姓苦不堪言。

朝廷里的许多大臣对阿合马的专横非常不满，右丞相安童多次向忽必烈进言，皆无效用。有个叫姚天福的御史一向敢于揭发官员的不法行为，忽必烈对他很是赞赏。有一次，姚天福实在看不过阿合马的行径，就罗列了阿合马 24 条罪状，在朝廷上当众揭发，条条罪状都有根有据。但忽必烈依然宠信阿合马，不加惩处。不久，姚天福就被阿合马排挤出了京城。当姚天福上奏弹劾阿合马的时候，阿合马心里也是非常忐忑的，但看到忽必烈一如既往地信任自己的时候，阿合马的心里就更加得意了，也越加肆无忌惮、飞扬跋扈。

随着江南收为元朝所有，阿合马为忽必烈出主意，在南宋旧境行盐钞之法。为了最大限度征利，他又帮忽必烈设置诸路转运司，征利颇丰。忽必烈高兴之余，每遇财政问题，都会说："这些财务上的事情，你们就与阿合马说吧。"有一次，忽必烈对人感慨道："做宰相的人，要明白天道，察知地理，竭尽人事，兼有这三方面的人，这才是称职。阿里海牙、麦术丁等人也不能担任宰相，而阿合马的才能足以胜任宰相。"可见，当时在元世祖心中，阿合马名列群臣中的第一位。

安童 安童（1248～1293年），元朝政治家。蒙古札剌儿氏，木华黎四世孙。1265年，任中书右丞相，年仅18岁。安童尊礼汉族士大夫，受到儒家思想的影响，积极协助忽必烈推行"汉法"。

王著暗杀阿合马

阿合马在彻底了解了忽必烈对他的信任后，更加贪婪骄横。当时的中书左丞崔斌，揭露阿合马任用亲信、一家人都窃居要职等罪状，事实确凿。忽必烈不得不罢免了阿合马的子侄们的官职，对阿合马却并不加以惩处。但阿合马却非常恼怒，他利用公务之便，将崔斌排挤出京城。然后他又乘机以清理江淮钱谷的名义，诬陷崔斌。那个时候，崔斌已经调任江淮行省，阿合马诬陷他与阿里伯、燕帖木儿等盗官粮40万石，擅自更换朝廷任命的官员800人，并奏请元世祖忽必烈要严加处置。忽必烈就令参政张澍等查证，张澍等人为迎合

阿合马的意思,就将崔斌判了死刑。崔斌一向是皇太子真金十分器重的人,他被害的那天,真金太子正在东宫吃饭,听说崔斌已被定死罪,急忙放下筷子派人去制止,但是已经来不及了。太子本来就非常鄙视而且反对阿合马把自己的儿子和亲戚安插在朝廷重要位置上的做法,这么一来就更加痛恨阿合马了。

阿合马残害忠良的暴行,加上一直以来横征暴敛的财政策略,终于激起了人民的义愤。山东益都驻军中有一个叫王著的,他从小性格沉稳,胆识过人,轻财重义,嫉恶如仇,不拘小节。王著原在益都担任小官,后来弃官从军,因作战英勇,担任了千户职务。他恨透了罪恶多端、万夫所指的朝廷奸臣阿合马,就偷偷地铸造了一个能藏在袖中的铜锤,发誓要亲手用这柄铜锤击碎阿合马的脑袋。

王著有一个好朋友,是一个姓高的和尚。两人经常一起议论阿合马的罪恶,高和尚愿意协助王著完成这一为民除害的壮举。可是阿合马为人狡诈,平时深居简出,偶尔出行,耳目随从也是前呼后拥,不易接近,行刺并非易事,必须攻其不备方能成功。经过周密谋划,王著决定将行刺日期定在3月。原来,元朝皇帝实行两京巡回制度,每年3月皇帝例行要到上都开平消暑避夏,太子也会随行。由于这段时间内京城防范相对空虚,这就为刺杀阿合马提供了有利条件。另外,王著等人素知皇太子真金与阿合马有隙,皇太子也有除掉阿合马的想法,而阿合马平日也最惧怕皇太子真金。王著等人因此决计以太子名义,引蛇出洞,乘机擒杀。

1283年3月,忽必烈和太子真金去上都巡视,京城由阿合马留守。王著认为诛杀阿合马的时机已经到来。在一天夜里,他集结80余人,把一位与真金面貌相似的人打扮成太子的模样,然后,声称太子返京,骗开城门,进入京城。第二天早晨,王著派遣两个僧人到中书省去,声称太子回京今晚要做佛事,让中书省购买供奉神佛的用品。不料在守卫的盘问下露出了破绽,两个僧

人被拘留起来，幸好没有供出事情真相。中午，王著和高和尚找到了枢密副使张易，伪传太子令旨，要张易发兵，夜间与太子会合，共诛阿合马。张易对阿合马也恨之入骨，能够佐助太子锄奸，他很高兴。当天晚上，王著再次派人到中书省传令："皇太子将到，中书省官员一律到东宫前等候。"阿合马信以为真，急忙派出亲信脱欢察儿带领官员先行一步前去迎接，自称随后就到。接驾的人马没走多远，正碰上簇拥着假太子的王著一行人。假太子立刻勒马问："可是阿合马来迎我？"脱欢察儿回答说不是，假太子一声令下，脱欢察儿等人便被乱刀砍成了肉泥烂酱。王著等人加快速度，来到东宫门前。他们一伙都下了马，唯独伪装太子的人坐在马上指挥，呼喊中书省长官来到马前。阿合马觉得太子来意不善，早已脊背发凉，两腿打战。忽听伪太子一声大喝："阿合马，你

可知罪？"阿合马闻听声音不对，迅速抬起头，惊愕地盯着伪太子，刚要张口，当头便挨了一锤，顿时扑倒在地。紧跟着，王著对准阿合马的脑袋狠狠地打去，直到阿合马脑浆迸裂，才住了手。接着又杀了他的一个亲信。百官们站在两旁吓得目瞪口呆，弄得丈二和尚摸不着头脑。

突然，尚书张九思大声呼喊："这是贼人作乱，哪里有皇太子。"

当即命卫士抓捕乱党，宫廷精兵很快就击杀了假太子，高和尚见寡不敌众，拉着王著说："快，跟我逃吧！"

王著甩开了他的手说："你走吧，恶贼已除，我心中非常快慰，多年夙愿得以实现，也没什么好留恋的了，甘愿受戮。"

说着，他向侍卫等人走去。高和尚跑远了，听到背后传来王著的喊声："奸贼阿合马是我杀的，把我抓走吧！"

王著杀阿合马的消息传到上都，忽必烈震惊了。他命人迅速返回京城，处理这一刺杀案。王著和后来被捕的高和尚、张易等人被处以死刑。临刑前，王著情绪激昂，视死如归。他大喊："我王著为天下人除害，死而无憾！将来一定会有人为我著书立传纪念我，我死得也值得了！"这一年，王著29岁。

处死王著后，忽必烈发现人们对阿合马之死，无不拍手称快。许多官员纷纷揭发阿合马的罪恶。阿合马的原形毕现，忽必烈对他的罪行也感到吃惊。忽必烈感慨地说："看来，王著杀阿合马还是对的呀！"不久，阿合马的党羽740多人被罢了官，几个儿子被处决，家产全部没收。阿合马被从墓中掘出，戮尸示众。

真金 真金（1243～1285年），元世祖忽必烈第二子，母察必，即昭睿顺圣皇后。年少时师从姚枢、窦默，受他们的影响礼贤汉儒，主张蒙古贵族子弟学汉文化。为政主张减轻赋役、清廉节俭。

海都之乱

扫码查看
- 中华故事
- 典故趣闻
- 能力测评
- 学习工具

　　1251年，蒙哥继承蒙古国大汗位，但窝阔台的孙子失烈门、脑忽、忽察三王因不服蒙哥而发动叛乱。蒙哥在平定了失烈门、脑忽、忽察三王的叛乱后，对窝阔台系的势力进行了大清洗，处决了70余名宗王，并且把剩余的窝阔台系诸王、诸王后分迁到各地。其中，窝阔台之孙、合失之子海都，被迁于海押立。

　　海都聪明能干而又狡诈，他一直认为大汗位当属窝阔台后裔，因为当年成

吉思汗西征前定下由窝阔台继承汗位时，曾要求全体宗王立誓，全体宗王也曾立下"只要是窝阔台的子孙，哪怕是一个吃奶的娃娃，我们都接受他为汗"的誓言，贵由即汗位的库里台大会上，诸王也有类似的宣誓。因此，海都认定拖雷后人占据大汗之位是非法的，故而很早就萌生了反叛想法。后来忽必烈与阿里不哥为争夺大汗位发生战争，使成吉思汗的黄金氏族成员分裂为两大阵营，海都站在阿里不哥一边。海都之所以支持阿里不哥表面上是因为主张保持蒙古传统游牧生活方式，反对接受被征服地区的先进文明。而实际上海都是希望打着这种旗号在斗争中扩张自己的实力。在这期间，海都乘忽必烈无力西顾之际，在自己的封地，逐渐纠集部众，结好钦察汗国术赤系后王，扩展自己的领地。到 1264 年，阿里不哥战败投降的时候，海都以海押立为基地，建立起一个以伊犁河与答剌速河流域为中心的汗国，这就是窝阔台汗国。海都也因此成为了窝阔台系诸王的首领。

忽必烈发现海都强大起来后，曾屡次遣使征调海都入朝，想把海都调离自己的根据地，但海都每次都以"现在我的牛马太瘦弱了，等我把它们养肥壮的时候，我一定入朝拜见"为借口，拒绝入朝。这时，忽必烈正在准备灭亡南宋的战争，因此也没办法。不得不一面按年赏赐海都银两布帛，并封蔡州为他的食邑，以表示对他的信任；一面派在中原的察合台曾孙八剌回察合台汗国夺取汗位，以牵制海都。察合台封地在窝阔台封地的西面，这样，便形成了对海都的东西夹击之势。谁知八剌不怀好意，反唆使海都谋夺钦察汗国。海都引兵进入钦察汗国境内时，蒙哥帖木儿早已得了消息，出兵袭击海都。海都回军抵御，八剌又背叛了海都，竟将海都所侵土地占据了去。海都无法，只好向钦察汗求和，得了钦察援兵，杀退八剌。八剌很是狡猾，写信给海都，说要求援大都，与他拼命。海都正防这招，不得已与他讲和。于是，三汗同会于怛（dá）罗斯河畔，模仿库里台会，推海都为蒙古大汗，一致对抗忽必烈和伊儿汗阿八哈，

誓约保持游牧生活与蒙古习俗。

在会盟之前，海都曾通知伊儿汗国，邀约阿八哈前来，共抗大都。然而，伊儿汗国的始祖是旭烈兀，即世祖的亲弟，向来服从世祖。旭烈兀死后，其子阿八哈当政，不肯附和海都。海都就与八剌联兵攻入伊儿汗国东边，一面约钦察汗国蒙哥帖木儿侵略伊儿汗国西北。阿八哈深谙(ān)兵事，调集部众，迎击海都、八剌的联合军。两军相遇，阿八哈诱敌兵深入险地，用四面埋伏计，冲破敌兵。海都、八剌几乎被擒，幸亏走得快，才保住了性命。没多久，八剌就死了。于是，海都扶植其子笃哇(dǔ wā)为察合台汗国之汗，建立了窝阔台、察合台两汗国的联盟，连年对元朝统治区发动侵略。

1274 年，元军大举伐宋，海都又乘虚进袭。同年，忽必烈以右丞相安童执掌中书省、枢密院事务，辅佐皇子那木罕率大军北征。那木罕的弟弟阔阔出、

蒙哥的儿子昔里吉、宗王脱铁木儿等随行。脱铁木儿是忽必烈弟弟岁哥都的儿子,因与忽必烈不和,一直在寻找机会发动叛乱。1276年冬,从征的宗王昔里吉、蒙哥之孙撒里蛮、脱铁木儿、阿里不哥之子玉木忽儿、察合台之子撒儿班等发兵反叛,劫持那木罕和安童,送至海都处。忽必烈闻报,急调征伐宋朝的主将伯颜、阿术、别吉里迷失等回师北征。伯颜等人兼程而进,听说谋反诸王的军队已会集于鄂尔浑河,于是伯颜断其粮道,阻困其军马。元将土土哈在土拉河和鄂尔浑河取得两次大捷,攻破昔里吉营帐,救出那木罕、安童,并分别击溃各支乱军,稳定了大漠南北局势。

这期间,海都又联系了东部斡赤斤后王乃颜,蛊惑他也发动叛乱。乃颜是元朝蒙古的宗王,成吉思汗幼弟铁木哥斡赤斤玄孙。乃颜祖父塔察儿曾以东道诸王之长率先拥戴忽必烈为汗,因而特受尊崇。与海都有暗中联系的乃颜,见有机可乘,自恃军队众多、封土广大,就计划起兵响应海都,对忽必烈进行东西夹击。忽必烈得到消息后,决定亲征。进入乃颜境内后,元军与乃颜的10万大军相对峙。乃颜虽然坚守,但每日侦探元军。一晚,得到侦骑报告,说是元军统帅饮酒作乐,态度很是从容闲适。乃颜疑心大起,随后令部众偷偷后撤。大伙儿得了消息,顿时收拾行装,全营忙乱。忽必烈随即令李庭引敢死队10余人,带着火炮,夜入敌阵。乃颜部众正要奔走,不防炮火射入,就一哄而散。李庭率汉军、玉昔帖木儿率蒙古军先后追杀,最后将乃颜活捉了。在忽必烈忙于讨伐乃颜的时候,海都也在积极准备进攻和林。

李庭 李庭,字显卿,小字劳山,号寓庵。本是金人蒲察氏,金朝末年来到中原,改称李氏。成宗时因其相助登基之功而拜平章政事。李庭诗词颇佳,有《疆村丛书》传于世。

伯颜智退海都

元世祖忽必烈在决定亲征乃颜之后，派遣伯颜进据和林，截断乃颜与海都的联系，并防止海都乘机进犯。伯颜镇守和林，以他一直以来的超高的威望震慑住了海都。海都对他一直有所顾忌，于是就不敢在边境附近进行骚扰。但是海都却唆使王爷明里铁木儿前来攻打和林，这就燃起熄灭已久的战火。

伯颜派出军队阻击敌军，到了阿撒忽突岭的时候，看见满山遍野都布满了敌军，并且占据险要地形安营扎寨。伯颜当机立断，立即传令冲锋，并且自己身先士卒，冒着箭雨冲锋陷阵。各支军队看见主将英勇作战，也奋勇争先，冲入敌军阵营，拼命厮杀。明里铁木儿看见伯颜军队像潮水一样纷纷涌了过

来，异常凶猛，知道抵挡不住，就干脆返回军营的背后，爬上山岭，狼狈逃窜。伯颜命令部下将军速哥梯迷秃儿等人继续追击，消灭敌军，自己带领着军队慢慢撤退，返回原地。撤退到必失秃岭的时候，太阳已经下山，伯颜仰望着高高的山岭，看见飞鸟徘徊，不敢贸然回到树林之中，就命令军士们面对山岭，驻扎下来。部下的将军纷纷进入军帐，向伯颜报告说，希望立即返回原地，不想在此驻扎。伯颜对他们说："你们没有看见山岭上惊慌不定的飞鸟吗？现在天色已经晚了，飞鸟却惊慌失措，不敢回到他们的巢穴里，那就正好说明山岭上埋伏有敌军！如果我们莽撞地继续行军，遭到敌人伏击，正中敌军的计谋！"

各位将军都对他说："主帅既然预料到前面埋伏有敌军，为何不带领军队上山去进行搜查，然后进行痛击，全部消灭他们！"

伯颜回答说："这时天色已经晚了，四周漆黑一团，不便于我们的搜剿行动。"各位将军还想说别的什么话，都被伯颜喝令制止，退了回去。伯颜向全军将士下令说："违抗命令，擅自行动的人，立即斩首，严惩不贷！"这样守到天明的时候，树林中埋伏的军队见伯颜没有上当，就撤退了。于是，伯颜向全军下达军令，要求各将士越上山岭，快速追击敌军，行动迟缓的人，立即斩首！结果士兵们迅速行动，争先恐后，奋勇登山，冲向敌军。就在快要追上敌军的时候，只看见敌军的后面部队停了下来，前面的军队混乱起来，就乘机冲入敌军阵营，奋勇厮杀起来。原来是速哥梯迷秃儿在后面追击明里铁木儿，没有追上敌军就折转回来，从小道上来与伯颜的军队会合，刚好遇到慌忙逃走的敌军，就趁机进行截击。

伯颜消灭了敌军，立即招集军队，准备返回和林。这时得到侦察骑兵的报告说，捕捉到敌军的一名密探。伯颜见后，善待了他，赠送酒食给他食用。各位将军都想杀了这个密探，伯颜却阻止了他们的行动，不允许杀害他，还把他

放了回去。敌军密探离开的时候，伯颜还请他带回去一封信件，并送给他黄金和布帛，密探深受感动，非常感激。过了几天，伯颜收到了明里铁木儿回信，告诉伯颜说，他愿意带领部下的军队向伯颜投降，各位将军到这时才真正知道伯颜过去的良苦用心，真是高人一筹。

当时海都听说明里铁木儿失败而回，就对伯颜大举进攻，伯颜并不慌张，只是下令对各处重要关口严密把守，不要急于出战。之后，伯颜指挥军队冲出边境，遇到敌人军营的时候，伯颜下令各支军队迎战，但是只准失败，不准取胜，违抗命令的人，立即斩首。各位将军接到命令，都疑惑不解，但都不敢有所违抗。全军将士就冲出阵营与海都军队交战，只是稍微接战，就立即失败撤退。伯颜也带领军队撤退了 10 里后，才安营扎寨。第二天又招集了所有军队，伯颜发布的号令依然如故，仍然要求全军将士遵照执行，不得违抗。交战不久，伯颜又带领军队后退 10 里后，驻扎下来。一连 7 天，一共交战了 7 次，也接连败了 7 次，军队撤退了 70 里。

各位将军弄不清伯颜的葫芦里究竟卖的是什么药，这时实在忍耐不住了，纷纷交头接耳，众说纷纭，议论伯颜。到了第八天的时候，伯颜向全军下达命令，仍然按照原来的战术行动。部将们实在不理解伯颜的命令，就集合起来质问伯颜。伯颜见大家对他的战略战术不够理解，妄加猜测，争论不休，就把他们召集在一起，向他们说出了自己真正的战略意图。他对部

下的将领们说:"海都带领军队远距离作战,孤军深入,侵犯别人,他就会疑神疑鬼,左顾右盼,心神不定,我们只要打胜他一仗,他就会如惊弓之鸟,立即逃走。我对他进行步步引诱,使他不断深入险境,让他自投罗网,然后只要发动一场战争,就可以把他活捉。如果我们一定要想快速决战,如果让他安然地逃走了,哪个有胆量出来担任罪责呢?"

他部下的将军们听了他的话,还不完全相信,又对他说:"主帅的高明战术,想来是很不错的,但是现在的问题是,皇帝派来的钦差,已经在路上,他们未必知道我们歼灭敌军的秘密计谋,如果他们又向朝廷乱说的话,可能就造成麻烦了,所以我们最好还是快速决战,歼灭敌人。主帅如果考虑到海都逃脱后的罪责由谁承担,那就由我们来承担好了!"

伯颜听了他们的建议,左右为难,无可奈何,只得长叹了一声,对他们说:"这也是海都的幸运,也许是上天不让他灭亡。现在只好依从你们的建议,你们就立即出战吧!"

伯颜一声令下,营门大开,军队像潮水一般涌向了敌人。海都一见元军势大,就惶恐地组织撤退,最终侥幸逃脱。同年,忽必烈之孙——铁穆耳王子取代伯颜统率军队。伯颜成了忽必烈的宰相,他在忽必烈去世后不久,于1295年去世。元成宗即位后,于1301年在和林与鄂尔浑河左岸支流塔米尔河之间大败海都,海都在撤退中死去。海都之子察八儿即位,在1303年向元朝廷投降。

元 成 宗

元成宗,孛儿只斤铁穆耳,元朝第二位皇帝,1294年即位。蒙语称完泽笃可汗。元世祖孛儿只斤忽必烈之孙、太子孛儿只斤真金之子。

赛典赤治滇

　　元朝统一云南之后,政局一直没有稳定下来,一方面,各族人民经常起来反抗元朝的统治;另一方面,统治云南的各级官员相互争权夺利,矛盾激烈。忽必烈即位后,决定在云南建立行省,由中央派大臣去管理云南,对云南加以全面整顿。至于选派的人员,忽必烈相中了赛典赤。赛典赤是中亚布哈拉人,伊斯兰教创始人穆罕默德的后代。成吉思汗西征的时候,年仅十几岁的赛典赤率领部众归附,跟随成吉思汗东征西伐,立有战功。由于他作战勇敢,办事能力强,

从成吉思汗到忽必烈 5 个大汗，对他都很信任。

1274 年，忽必烈对赛典赤说："我曾经亲自去过云南，但因为任用的人员不得当，致使云南的人民得不到安定，现在我想要选择一位忠良淳厚的人去治理云南，没有人比你更加合适了。"赛典赤一听，连忙叩谢答应了下来，那一年赛典赤 63 岁。于是，朝廷派赛典赤去担任这个重要职务，并且规定云南的一切政事都由赛典赤决定。赛典赤还未入滇，云南的宗王脱忽鲁就起了疑心，担心赛典赤会夺他的权。赛典赤就命长子纳速拉丁向脱忽鲁说明来意，并向他请教兴利除害之道，脱忽鲁才打消了顾虑。到了云南之后，赛典赤走访了当地父老，了解风俗民情，安定民心，做好各级官员的工作。当时云南军政不分，军人代政，政出多门，号令不行的情况比比皆是，赛典赤奏明忽必烈，把宣慰司和元帅府纳入行省管辖，于是云南政令得以统一。通过赛典赤的一系列改革，云南和全国其他地方一样，成为全国十大行省之一。

过去，云南的一些地方官吏一向为所欲为，现在有了约束，心里很不服气，就背着赛典赤偷偷来到大都，向元世祖忽必烈告状。忽必烈听后大为恼火，对左右的侍从们说："赛典赤忧国忧民，我是深深了解的，这些家伙怎么竟敢诬告！"于是，下令立即把这几个告状的人套上枷锁，送回云南，交赛典赤处治。赛典赤却替他们脱去枷锁，对他们严肃而诚恳地说："你们不知道皇上有云南一切政令听我决定的指示，因此以为我有欺君专权的行为。现在我原谅你们，不给你们加罪，而且让你们继续担任原来的官职。你们能不能以忠于职责来弥补自己的过错呢？"

这几个告状的人听罢，立刻叩拜，说："我们犯下了死罪，大人宽大为怀，赦免我们，又让我们继续做官，我们决不忘恩负义，一定以死相报！"这件事情过后，云南的新旧官吏再也不互相猜忌，而能够和睦相处了。

赛典赤在滇期间，元江禾泥（今哈尼族）萝盘甸主抗拒行省，赛典赤带兵去

镇压。他的随从们见他脸上露出忧虑的神态，就问他有什么心事。赛典赤说："我不是怕打仗，而是怕你们不幸阵亡；又担心你们惊扰百姓，使他们不得安宁，一旦把老百姓逼反了，你们又去征伐他们，使他们永远不得安宁。"兵临萝盘城下，赛典赤认为"力攻不如德胜"，于是遣使说降。萝盘王口头答应，但是三日过去了还不投降，部将们纷纷主张强攻，赛典赤仍不同意，再派使者晓以利害。又过了三日，萝盘王仍然不降，将士再次纷纷请战，赛典赤还是不同意。这时，有的将士按捺不住，强行进攻，赛典赤大怒，立刻发出停止进攻的号令，把为首的将领召回来，斥责说："皇上命我安抚云南，没有命我杀人，没有将令擅自动武，按军法当斩。"当即下令严惩违令军官。萝盘王闻讯后感动地说："赛大人如此宽厚仁爱，我再抗拒下去是不会有好结果的啊！"于是开城归顺，一场干戈化作玉帛。各地土司纷纷归顺，全省各民族人民和睦相处的局面很快出现。

赛典赤在云南任职期间，发现昆明等地水患严重，他不顾年老体衰，亲自到各地考察水情，分析水患成因。修筑松华坝，疏通海口河，修浚金汁河、银汁河、马料河、宝象河、海源河、盘龙江，形成昆明地区的灌溉系统。当时，昆明郊区的田地依靠滇池灌溉。滇池承受了过多的水源，而排泄的地方只有海口一处。由海口到安宁鸡心滩一段，河床经常被泥沙淤塞，一到雨季，滇池水倒流，往往酿成严重水灾。

于是，赛典赤委任张立道、忽辛治理滇池，首先在昆明城东北地区清理水源，使盘龙江得到疏浚。赛典赤、张立道带领治水大军，把来自东北部群山的"邵甸99泉"引入盘龙江，从而消除了滇池上游的水患。接着在金马山下建造了松华坝闸。这是一个大型的分水闸，用以截流分洪。同时开凿金汁河，河堤宽1.2丈至1.6丈，沿堤建造水闸10座，涵洞水渠360个，自上而下轮流放水。灌溉东部地区农田，使大量旱地变良田。他筑的松华坝泽及后世，被称作"春城头上的一盆水"。

赛典赤在云南一共任职6年，在他任职期间减少赋税，招抚流亡人口，抚恤孤寡老人，兴办学校，倡导儒学，发展生产。他死后，他的儿子纳速剌丁接替他为平章，继续推行赛典赤的方针政策。他们父子在云南采取的政治、经济和文化措施，对云南各民族的团结和睦及局势的稳定，对云南社会历史的发展，都起到了重要的作用。

滇池 滇池，亦称昆明湖，中国第六大内陆淡水湖。在云南省昆明市西南，连同湖西侧的西山是著名游览、疗养胜地。由构造陷落而成。有盘龙江等河流注入。湖面海拔1,886米，面积330平方千米。平均水深5米，最深8米。湖水在西南海口泄(xiè)出，称螳螂川，为金沙江支流普渡河上源。

大都政变

元世祖忽必烈在位的时候，曾经立长子真金为皇太子，然而不幸的是，没过几年，真金就病死了。这种情况下，忽必烈就在皇太子真金的3个儿子中选择了老三铁穆耳立为皇太孙，继承他的帝位。铁穆耳也就是后来的元成宗。元成宗也曾立过一个太子叫德寿，但是仅仅过了几个月的时间，德寿也一命呜呼了。元成宗在伤心之余就不得不想一想自己的皇位继承问题了，因为他只有德寿这么一个儿子，而且长年的酗酒和荒淫的生活搞得他的身体健康很不好，很难再有孩子了，所以他便想到了自己的侄儿们。

元成宗铁穆耳的两个哥哥甘麻剌和答剌麻八剌都有3个儿子，但是他对二哥答剌麻八剌的两个儿子海山与爱育黎拔力八达印象非常好。他的二哥答剌麻八剌死得很早，留下了3个儿子与正妃答吉这些孤儿寡妇的。而答剌麻八剌的大儿子阿木哥是汉族侍女郭氏所生，海山与爱育黎拔力八达才是正妃答吉所生。元成宗铁穆耳一向非常喜欢他的二嫂答吉，顺便也看得起答吉所生的两个皇侄，很早便将海山封为怀宁王，让他统领6.5万军户。如今他打算按"兄死妻嫂"的风俗，将寡妇二嫂答吉纳为妃子，这样她的两个儿子也就成为他的儿子，可以继承他的帝位了，一举两得地解决继承人的问题。

然而元成宗的皇后卜鲁罕不能容忍这件事变成现实。在她的百般阻挠下，答吉母子非但没能取得名分，正式成为元成宗的妃子、儿子，反倒被先后赶出了大都。就在元成宗病重的时候，卜鲁罕皇后趁着答吉长子海山镇守漠北，无暇顾及大都的时候，与左丞相阿忽台设下计谋，将答吉和幼子爱育黎拔力八达母子贬到了怀州。于是，在1307年初，元成宗铁穆耳病逝后，卜鲁罕皇后又与左丞相阿忽台等密谋,定下由自已摄政,元成宗铁穆耳的堂兄弟安西王阿难答辅政,之后再将帝位传给阿难答的计划。但是这个计划却被左丞相的政敌右丞相哈剌哈孙知道了,于是他暗地里派人通知身在北方带兵的海山及身在怀州的答吉与爱育黎拔力八达,让他们立即以奔丧为名赶回大都,以期夺权。

爱育黎拔力八达得了消息,犹豫不决,询问老师李孟。李孟说:"怀宁王远在漠北,即使得到消息就往回赶,恐怕也赶不回去了。殿下应急速入京,控制局面,才能安定人心,待怀宁王率兵回来主持大局。"爱育黎拔力八达这才与母亲答吉返回大都。卜鲁罕皇后得了消息,忙与安西王阿难答、左丞相阿忽台商量。阿忽台想设一个宴会擒杀爱育黎拔力八达他们。结果哈喇哈孙知悉后便将计就计,抢先在宴会上伏下侍卫,将卜鲁罕皇后和阿难答等人一网打尽。这样的情况下,一切就都成为定局了,唯一需要考虑的是由海山还是爱育黎拔力八达继承帝位的问题了。这时,在大都的大臣纷纷劝说爱育黎拔力八达,让他继承帝位。而爱育黎拔力八达却说:"我有兄长在外驻守边疆,我怎能逾越兄长而称帝呢?这些话不要再说了,我只是暂时监国,等我兄海山归来,一切由他定夺。"随后派出使者,带着玉玺印鉴前去迎接海山。

却说海山率兵从青海起程,这时正走在路上,由于爱育黎拔力八达已经"监国",当了代理皇帝,便有谣言传出,说答吉听从巫师的劝说,准备让海山把帝位让予弟弟爱育黎拔力八达。海山很不服气,对心腹康里

脱脱说："我守御边疆辛苦多年，又身为长子，理应继承祖宗基业，谁知母亲却以巫师的一句话就想取消我的帝位，未免太不公平。如果我为帝，哪怕是坐宝座一日，也一定要上合天心，下抚民望，以求名垂后世。母亲做出这样的决定，肯定是受了谁的蒙蔽，你代我去大都探察，然后汇报给我。"康里脱脱遵命而去。

康里脱脱入大都后，就去见了海山的母亲，转述了海山的话。答吉听了，非常吃惊，说："现在大局已定，宗王大臣们都在等着他回来呢，而且他的弟弟也并没有贸然即位，还在等待他返回后再做决定。旁人谣言，必不可信，你马上回去，向海山说明这里的情况，千万不要让我们骨肉间生了嫌隙。"此前几日，爱育黎拔力八达刚刚派出大臣阿沙不花出大都迎接海山，他与康里脱脱擦身而过没有遇到。于是康里脱脱骑快马，疾驰返回，半路赶上阿沙不花，一同拜见海山，说明事情的来龙去脉。至此，海山才知道自己误会了母亲和弟弟。

于是，海山加快速度赶往上都，爱育黎拔力八达和母亲答吉也赶到了上都，诸王大臣也跟随到来，当即定议，奉海山为皇帝。1307 年 5 月，海山在上都即位，是为元武宗。元武宗即位后，追先父答剌麻八剌为顺宗皇帝，母亲答吉为皇太后。他对弟弟在大都政变中的表现和谦让非常感激，于是主动将其封为皇太弟，也就是说他死后，将由他的弟弟爱育黎拔力八达继承帝位。爱育黎拔力八达对哥哥的态度当然也投桃报李，约定自己死后一定将皇位传回给哥哥的儿子，从此以后元朝皇位"兄终弟及，叔侄相继"，皇位改由兄弟二人的家族轮流继承。

兄 死 妻 嫂

兄死妻嫂：古代北方少数民族的一种习俗，为"父死，妻其后母；兄弟死，皆娶其妻妻之"。意思是：父亲死后，儿子以后母作为自己妻子；兄长死后，弟弟以嫂子作为自己妻子。当时北方少数民族鼓励人口繁殖，同时还把女子视做财产，不准外流，所以盛行这种收继婚。

元仁宗开科取士

　　元武宗海山登基后,为了巩固其统治,大量任用自己的亲信执掌权要,将元成宗皇帝时期的文武大臣大量更换,正是实施"一朝天子,一朝臣"之举措。元武宗海山性格易喜易怒,故有时表现得宽大为怀,有时却酷暴残忍。他沉迷于享乐,挥金如土,大赏诸王、宗族;又大兴土木,建筑中都城;还尊奉西僧,建造兴圣宫。他还派军士 1500 人及大量民工修建五台山佛寺,并令其弟爱育黎拔力八达主持在大都城南建佛寺,致使财政困难重重。为摆脱财政危机,元武宗设立尚书省,分理财政,提拔任用脱虎脱、保八、王罴、三宝奴等一批所谓的理财高手。其实这些人并没有什么妙法,只管滥发纸币,充作银两,导致至元银钞大为贬值。不久又颁"铜钱法"诏谕天下,以铜钱和至大银钞并行,如此做法,使财政赤字更为严重,物价上涨,百姓大受其害。元武宗在位 4 年,大肆搜刮财富以供享乐,仅后宫嫔妃就有数百人之多。由于长期沉溺淫乐,加上酗酒过度,他的身体情况很差。终于在 1311 年元旦,元武宗海山病倒了,7 天后病死于大都宫中玉德殿,终年 31 岁。

　　元武宗海山去世后,皇太弟爱育黎拔力八达根据与兄长海山"兄终弟及"的约定,毫无悬念地继任为帝,是为元仁宗。元仁宗一即位,立即就对他兄长元武宗海山的一些不得人心的施政进行了纠正。首先他撤销了尚书省,并将为他兄长敛财而弄得天怒人怨的脱虎脱、三宝奴、乐实、保八、王罴等官员全部逮捕起来,经过审讯后都予以斩首抄家。在其后的几个月中,废止至大银钞和铸币,中统钞和至元钞又成为官方通行的仅有货币。官员的人数大幅裁减,曾经升级的各官署则恢复到忽必烈时期的地位。元武宗批准的各项建筑

计划,亦全部停工。而且元仁宗还在朝廷中加强了士大夫的地位。将他的老师李孟和出身于显赫汉军世家的儒帅张珪任命为中书平章政事,给予他们管理朝政的极大权力。并且他还把忽必烈时期的16位老臣召到大都,其中就包括汉家儒学的著名人物李谦、郝天挺、程钜夫和刘敏中等人。他们中的不少人被委以要职,其他人则成为顾问。元仁宗还不断下令选取文学之士入翰林院和集贤院。

元仁宗在李孟等汉人儒臣辅佐下,逐步推行"汉法"的政治方针。他先是派国子祭酒刘赓前往曲阜,以太牢之礼祭祀孔子。之后又下诏袭封孔子53代孙为衍圣公,后来又加封孟轲的父亲为邾国公,母亲为邾国夫人。他还曾下令将《大学衍义》全部译为蒙语,赐给朝臣。在他阅读了《贞观政要》、《资治通鉴》之后又下诏将此二书译为蒙语,让蒙古、色目官员诵读。在元仁宗推行"汉法"的过程中有一个重大的决定,那就是恢复科举制度,决定开科取士。这一在元朝被废止了80多年的制度,终于在元仁宗时期重新焕发生机。

其实以科举考试作为王朝甄选统治精英的主要途径,在元世祖忽必烈统治时期就已经展开过激烈的讨论了,但是由于没有一个统一的决定,而一直没有施行。在恢复科举考试问题上意见不一致有两个原因:第一,由于元朝主要依靠承袭制补充官员队伍,采用考试制度将会损害蒙古、色目甚至汉人贵族家族的承袭特权,所以会遭到反对。第二,在汉人士大夫中对考试是否是补充精英的有效制度和采用何种科目亦存在完全对立的看法,一派赞成采用宋朝和金朝的考试科目,注重文学和经学的考试。受朱熹对考试制度的观点影响颇深的理学家反对这种观点,主张在科目中去掉文学,注重重要经典和策问考试。因为没完没了的争论,科举考试一直没有恢复。元仁宗即位后,形势发生了变化。改善官员水平的急迫需要和皇帝本人欲使他的政府更加儒化的迫切要求,使得请求恢复科举考试的呼声再次高涨起来。此时因为理学在元朝官

员中已经占了明显的优势，以前理学家提出的方案几乎未遭任何反对就被采纳了。于是在 1314 年，元仁宗下诏实行科举。科举考试每 3 年举行一次，命题以"四书五经"为主，分为乡试、会试、殿试三道，蒙古、色目人与汉人、南人分别开考。

由于元仁宗身边有李孟、张珪等这样的能臣的辅助，加上一系列有效的改革措施的施行，使得其统治初期呈现出一派欣欣向荣的景象。但是，由于其母后答吉肆意干政，奸贼铁木迭儿的势力越来越大，而元仁宗又不敢惹皇太后答吉生气，而使得改革的成效大打折扣，进行得也不够彻底。并且在皇太后答吉与其宠臣铁木迭儿的规劝、怂恿下，再加上他个人的一点点私心，使他违背了他对兄长元武宗海山许下的"兄终弟及，叔侄相继"的诺言，没有立元武宗的儿子为太子，而是立了自己的儿子硕德八剌为皇太子。

因为元仁宗面对其母后答吉时的软弱，使他在与权臣铁木迭儿的斗争中一直没有什么办法。即使后来 40 余位监察御史以奸贪不法弹劾铁木迭儿，在证据确凿的情况下，铁木迭儿还是在皇太后答吉的保护之下，安然无事，只是被解除了丞相职务而已，并且在元仁宗死后，铁木迭儿在皇太后答吉的支持下又被重新任命为丞相。

在这种劳心劳力的勾心斗角之中，元仁宗于 1320 年去世，享年 35 岁。他去世后，由皇太子硕德八剌即位，是为元英宗。

科 举 制 度

科举是历代封建王朝通过考试选拔官吏的一种制度。由于采用分科取士的办法，所以叫做科举。科举制从隋朝大业元年（605 年）开始实行，到清朝光绪三十一年（1905 年）举行最后一科进士考试为止，经历了 1300 年。

南坡之变

扫码查看
☑ 中华故事
☑ 典故趣闻
☑ 能力测评
☑ 学习工具

　　1320年初，元仁宗病死，太子硕德八剌依照古制进行守丧，伤心之下每天只能吃下一碗粥。但是，元仁宗的母亲答吉却不见得怎么伤心。仁宗刚咽气，答吉就把过去被仁宗罢黜的权臣铁木迭儿重新任命为中书右丞相。并且趁太子硕德八剌未正式即位，铁木迭儿一朝大权在手，对政敌进行疯狂报复，把先前弹劾过自己的御史中丞杨朵儿只和中书平章萧拜住二人逮捕处决，在中书省换上了自己的心腹黑驴和赵世荣为平章政事。元仁宗最信任的儒臣李孟也被褫（chǐ）夺公印，其先祖墓碑也被扑毁。在太子即位前的两个多月内，铁木迭儿与太后答吉相互勾结，排除异己，权倾朝野。

　　1320年4月，太子硕德八剌正式即帝位，是为元英宗，时年18岁。刚开始，已经被册封为太皇太后的答吉和铁木迭儿并未拿这位乳臭未干的年轻皇帝当回事，以为他不过是自己手中的牵线傀儡。结果，登基礼完毕，太皇太后前来祝贺，英宗对这个企图把持朝政的奶奶根本不给好脸。答吉大悔，出门顿脚叫道："谁曾想我扶立了这么一个孩子！"

　　答吉把自己的遭遇告诉铁木迭儿后，铁木迭儿马上联合中书左丞相合散以及黑驴等人，准备搞宫廷政变，企图拥立硕德八剌的弟弟、时为安王的少年兀鲁思不花为帝。他们认为兀鲁思不花年少不懂事，拥推成功后肯定比元英宗易于控制。结果，诸人行事不够隐秘，被元英宗得悉此事，立刻与心腹大臣拜住谋议，果断逮捕了失烈门及合散、亦失列八诸人。由于猜度到幕后指使人就是太皇太后答吉本人，所以英宗否决了拜住准备马上招集官员审理的提议。英宗对拜住说："这帮人如果招供时牵扯进太皇太后，事情就不好办了。不如

立刻都推出去斩了！"

　　铁木迭儿虽然没有被牵连进谋逆一案，但他也明白英宗肯定会怀疑他的，于是，他乖乖地称病在家里躲了起来。元英宗一方面为了安抚铁木迭儿，把谋乱诸臣被没收的家产、田宅也分赐给他一份儿，表示对他的信任；另一方面又提拔拜住为中书左丞相，以对抗铁木迭儿与答吉一党的势力。不承想，铁木迭儿这次真的生病了，病情严重，在1322年8月去世。过了两个月，太皇太后答吉也随之而去。在此种情况下，元朝政事完全掌握在元英宗及其心腹重臣拜住手中。

　　拜住，乃忽必烈时期的丞相安童的孙子，而安童又是成吉思汗的最得力臣子"太师国王"木华黎之后。元英宗当太子时，常常听闻拜住盛名，让人召唤拜住入东宫想与他交谈，被拜住一口回绝："我是皇上的侍卫长官，依礼不得私下

与太子相往来，有嫌疑的事情，是君子所不为的。"时为太子的元英宗得知此语，心中更加敬重拜住为人。所以，继位不久，他马上以拜住为臂膀，明里暗里与铁木迭儿奸党相抗衡。元英宗深知拜住为人不党不私，常对左右近侍讲："你们要小心点，别触犯了国法。即使我可以赦免你，拜住也不会饶了你的！"执政初期，铁木迭儿奸党遍布朝中，千方百计排挤拜住，但由于元英宗对拜住十分信任，以致不能将拜住怎样。

英宗与拜住真正掌权后，开始着手革除弊政，推行新政。英宗新政的主要内容有减轻赋役，重农抑商，裁减冗官，起用儒臣等。在实行新政的时候，英宗

处理了铁木迭儿专权乱政的罪行，先是以贪赃枉法罪处死铁木迭儿之子、宣徽院使八思吉思，接着，下诏剥夺铁木迭儿一切官爵，抄没家产，并将其罪状公布于天下。又以贪赃罪罢免铁木迭儿之子知院旺丹。这些举动使铁木迭儿余党惊恐不安。

当时，任禁卫军大头目的铁失也被查出与铁木迭儿的案件大有关联，在这种情况下，铁失怂恿宫内喇嘛僧侣诱劝皇帝实行大赦天下。当时，英宗在上都夜不能寐。受到铁失指示的僧侣乘机向皇帝说国家有危难，应当作佛事，大赦天下，被拜住制止。铁失终于无路可走。七月下旬，元英宗和拜住即将从上都返回大都。在铁失看来，宣布他的死刑是指日可待了，于是他纠集一伙亲信党徒和朝中仇恨英宗的人准备采取谋刺行动，而英宗大驾南返途中是最好的时机了。

1323年8月5日，英宗大驾从上都向南出发，夜晚驻营于距出发点30里的南坡店。铁失与知枢密院事也先铁木儿、大司农失秃儿、前平章政事赤斤铁木儿、前云南省平章政事完者、铁木迭儿之子前治书御史锁南、铁失弟弟宣徽使锁南、典瑞院使脱火赤、枢密院副使阿散、佥书枢密院章台、卫士秃满及宗王按梯不花、孛罗、月鲁铁木儿、曲吕不花、兀鲁思不花等发动政变。趁英宗熟睡时，闯入皇帝行幄(wò)，以阿速卫兵为外应，先杀拜住，铁失手弑(shì)英宗于卧床之上，史称"南坡政变"。

元 英 宗

元英宗，孛儿只斤硕德八剌，元朝第九位皇帝，1320年3月至1323年8月在位。自幼受儒家教育，通汉族文化。即位后推行新政，被铁木迭儿的余党阴谋叛乱所杀害。庙号英宗，谥号睿圣文孝皇帝，蒙古语尊号格坚可汗。

大都与上都的较量

南坡之变以后，铁失等人拥戴晋王也孙铁木儿即位，改年号泰定，是为泰定帝。泰定帝在位 5 年，没有什么作为，只是忙于吃喝玩乐，最终在 1328 年夏因酒色过度暴崩于上都，时年 36 岁。

泰定帝一死，元朝"两都制"的弊端在关键时刻显现出来。当时身在大都的佥 (qiān) 枢密院事燕铁木儿手掌枢密符印，有调动天下军队的大权。而身为群臣之首的倒剌沙此时正在上都，在泰定帝死后，只顾在新帝登基前这段真空期里陶醉于权力的快感中，也没有及时推拥泰定帝之子尽快接班。结果，远在大都的燕铁木儿选择了先发制人。

燕铁木儿是钦察人，其先祖班都察等人皆是蒙古功臣。燕铁木儿父子一直深受元武宗信任，特别是燕铁木儿本人，元武宗当宗王和皇帝时，皆以其为侍卫长，非常得元武宗宠信。

燕铁木儿自从得到泰定帝患病的消息后就有打算，常常想到当年武宗对他的恩宠，如果不能辅助他的两个儿子抢回原本属于他们的帝位，未免有负皇恩，因此与继母察吉儿公主、族党阿剌铁木儿、密友孛伦赤等商议，乘泰定帝病死，迎立怀王图帖睦尔继承武宗遗志。

在这里就不得不说一下燕铁木儿为什么一定要立武宗的儿子为帝。原来，当年元武宗当皇帝后，与自己的弟弟元仁宗讲好是兄终弟及，而且又约定说，当元仁宗故去后，应该把帝位再转给武宗的儿子。不料，元仁宗继位后，在母后答吉和贼臣铁木迭儿怂恿下，把皇太子位授予自己的儿子硕德八剌，也就是日后的元英宗。仁宗封和世剌为周王，徙往云南，这其实就是变相的

流放。

元仁宗死后，元英宗即位。当时，权臣铁木迭儿还未下台，他把已经远贬琼州的元武宗的二儿子图帖睦尔又往南迁过海至海南岛边上。泰定帝即位后，他对元武宗的儿子其实很不错，把图帖睦尔迁回建康，封为怀王。不久，迁至江陵。这也给了燕铁木儿机会。

泰定帝死后，皇后弘吉剌氏派人进京，命平章政事乌都伯剌收掌百司印章，晓谕百姓。燕铁木儿知道形势不能再缓，就去找西安王阿剌忒纳失里商量，西安王表示首肯。于是，燕铁木儿趁百官聚集兴圣宫议事之机，率阿剌铁木儿、孛伦赤等17人手执利刃闯入宫中，并派数百名勇士守在宫外。

乌都伯剌料知有变，就叱问他："你想做什么？"

燕铁木儿厉声说："武宗皇帝有两个儿子，声名远播，天下正统当归他俩，武宗有知，也当同意，何况天下是武宗的天下，怎能一误再误？今天应归还武宗的儿子，敢有乱来的，不从义举，就是乱贼，例当处斩！"说罢，拔刀出鞘，怒目而立。乌都伯剌、伯颜察儿两人还想争辩，燕铁木儿不容分说，令阿剌铁木儿、孛伦赤等一齐动手，将他们拿下。

随后，燕铁木儿与支持自己的蒙古宗王西安王阿剌忒纳失里率兵守住大内，稳定了局面后，便派大臣去江陵迎怀王，并派河南行省平章伯颜派兵护驾。做完这些后，燕铁木儿就封存府库，扣留百司印，推举前湖广行省左丞相别不花为中书左丞相，分别任命自己的心腹塔失海牙等人掌握中书大权，四处调兵遣将，守御关隘。

这时，倒剌沙等终于得到了消息，很快，上都诸王协商后统一了意见，一致拥护泰定帝的儿子阿速吉八为帝，是为天顺帝，并且分道出兵进攻大都。

却说河南行省平章伯颜得到命令后，挑选精兵，在汴梁迎接自江陵而来的怀王，并护卫怀王一行来到大都。燕铁木儿听说怀王驾已抵郊外，就同诸王百

官出迎。怀王慰劳有加，然后进入京师。燕铁木儿与西安王阿剌忒纳失里等立即劝进。怀王说："我哥哥还在北方，我哪敢乱了帝位的继承顺序呢！等两都平静，就派人接他回来。眼下暂由我监国，你们不要有异议！"

燕铁木儿说："大王谦让的美德，卓越古今，但时势紧迫啊！"正在这时，侦骑入报，上都梁王王禅、右丞相塔什特穆尔、太尉不花、御史大夫纽泽等兴兵南犯。怀王立刻问群臣该如何是好，燕铁木儿请命亲自率军抵挡。怀王很高兴，立即发兵供燕铁木儿调遣，命他相机行事。

燕铁木儿率兵浩浩荡荡地杀奔榆林，正遇着北军到来，燕铁木儿也不打声招呼，挥兵猛击。北军来不及布阵，顿时被燕铁木儿的军队闯入，不消片刻，已将北军杀得七零八落，溃不成军，往北奔逃。燕铁木儿也不乘胜追击，反而回了大都。燕铁木儿当即约诸王大臣上书，挟大胜之喜，请怀王早日登基以安天下。怀王便顺势于9月13日即帝位于大明殿，受诸王百官朝贺，颁诏天下，这就是元文宗。

元文宗即位以后，封燕铁木儿为太平王、中书右丞相，并命他率军北上，讨伐上都。于是，燕铁木儿再次率军出征，在作战中，他身先士卒，极大鼓舞了大都一方的士气。在这位丞相的血战下，上都诸王忽剌台等人相继败于燕铁木儿的手下，最终攻下上都。至此，元文宗坐稳龙椅，上都诸王只得承认失败的现实。

元文宗

元文宗，字儿只斤图帖睦尔，元朝第十二位皇帝。在文化方面，文宗重视文治，为文化的发展作出了很大的贡献。创建奎章阁，编修《经世大典》，为研究元朝的历史提供了一笔宝贵的财富。

元代第一权臣——燕铁木儿

1328 年 8 月的大都政变之后，燕铁木儿便以佥枢密院事之职参与机要，实际上已经控制了中枢决策大权。9 月，元文宗继位后，立即封燕铁木儿为太平王，将太平路作为他的食邑，此外还赐金 500 两、银 2500 两、钞 1 万锭、平江官地 500 顷。在击败上都之后，1328 年 10 月，文宗下诏，从今以后朝廷所有政务和对群臣的赏罚，如果没有与燕铁木儿商议，任何人不得上奏皇帝。1329 年初，设立燕铁木儿任都督的都督府，统领钦察卫、龙翊 (yì) 卫、哈剌鲁东路蒙古两万户、东路蒙古元帅府。这使燕铁木儿名正言顺地掌握了一大批精锐部队，成为专权擅政的后盾。同月，文宗还任命燕铁木儿为御史大夫，让他掌握司法、监察大权。从此，燕铁木儿成为位居皇帝一人之下，万人之上，集军、政、监察大权于一身的权臣。其子唐其势甚至扬言："天下本我家之天下。"

元文宗即位时曾宣布，等两都之间稳定了以后，就接长兄来大都，到时就让位于长兄周王。于是，在打败上都集团后，文宗就派撒迪、哈散等赶赴漠北，恭迎周王。1329 年初，周王从西北来到和林地区，岭北诸王、旧臣争先迎谒拥戴，于是不等与文宗及其大臣见面就在和林北即帝位，是为明宗。明宗的匆忙即位，显得他有些急不可耐，这使文宗心里稍有不快，但想到兄长长年在漠北受苦也就不在意了。3 月，文宗命燕铁木儿奉皇帝玺北迎明宗。燕铁木儿进拜明宗，明宗十分高兴，封燕铁木儿为太师，仍命他为中书右丞相，并且口头宣布凡皇弟图帖睦尔所用百官都仍任原职，但在行动上却提拔了不少自己的亲信入省、院、台供职。在明宗的亲信官员中有些人对燕铁木儿不是很尊重，这就使一心想专权独断的燕铁木儿心怀不满。8 月，图帖睦尔亲迎明宗至上都附近的旺忽察都，两兄弟相见，握手言欢。明宗格外高兴，就大设筵宴。当晚，燕铁木儿来见图帖睦尔，密谈了大半夜。图帖睦尔犹豫不定，一连3日，方才决议。几日后，明宗中毒暴死。燕铁木儿立即带着帝玺偕图帖睦尔急驰上都。路上，图帖睦尔传命伯颜为中书左丞相，并把其他职位重新作了安排。于是明宗所用的一班旧臣又被束之高阁。到上都，燕铁木儿以明宗死后遗命为由，奉皇帝宝玺，授予图帖睦尔。图帖睦尔再次即皇帝位于上都。

在二次拥立文宗时，燕铁木儿又立下大功，文宗对其更加宠信，使其一时权倾朝野。为表彰其功，文宗进而还仿效英宗推崇拜住的先例，1330年2月，将中书左丞相伯颜调任枢密院的知院，正式规定中书省只设燕铁木儿一名右丞相不再设左丞相，使其独掌政务。并诏告天下说："凡号令、刑名、选法、钱粮、造作，一切中书政务，悉听总裁；诸王、公主、驸马、近侍和所有官员都不得逾越奏事。"由此可见，燕铁木儿的权力大到了何等地步。

有一次，文宗的太子病死了，不久，次子又染上了重病。文宗和皇后以为是宫中妖孽作祟（suì），不由栖栖惶惶，只好招来燕铁木儿商量对策。燕铁木儿想了半天，进言说："宫中既有阴气，皇次子不应再住这里，俗话说趋吉避凶，不如让皇次子避开此地。我家附近有一吉宅，是王爷阿鲁浑撒里的故居，不如将此宅作为皇次子的居所，我可以早晚侍奉，岂不更好！"文宗想了想就答应了。说来也怪，皇次子住进阿鲁浑撒里的旧居后，身体渐渐地好了起来。皇后知道后很是高兴，赏赐了燕

铁木儿不少东西,并召燕铁木儿的儿子塔剌海入宫拜见,赐他金银无数,并且认做皇后的养子;而且令皇次子改名燕铁古思,表明与燕铁木儿义父义子的关系。燕铁木儿入朝辞谢,文宗拉着他的手说:"你有大功于我,我只怕赏得不够,只有视你如兄弟一般,你的儿子可为我的儿子,我的儿子也可为你的儿子,彼此应好好相处,不得拘泥。"燕铁木儿只得拜谢。

还有一次,燕铁木儿的王妃去世了,文宗亲自吊孝,并厚赠若干礼物。之后,还在宫中挑选了若干貌美的女子下嫁给燕铁木儿,其中有一高丽女子,平时很得文宗喜欢,也割爱相赠。后来,燕铁木儿又看上了泰定帝的皇后和两个妃子,并私自娶回太平王府,文宗知道后不仅没有责备,还赏赐了不少东西以为祝贺。由此可见文宗对燕铁木儿的宠信。

1332年,文宗去世,遗诏立明宗的儿子为帝。为了便于控制朝政,燕铁木儿便立明宗年仅7岁的次子懿璘(yì lín)质班即位,是为宁宗。然而宁宗仅做了43天皇帝就死了。于是文宗皇后临朝,燕铁木儿又与群臣商议立文宗次子燕铁古思为帝。但文宗皇后不同意,以文宗遗命需立明宗儿子为由,主张立明宗长子妥懽帖睦尔为帝。燕铁木儿无奈,只得派人迎妥懽帖睦尔入都,并亲至良乡迎接,陈述迎立之意,妥懽帖睦尔因年幼且畏惧,燕铁木儿心中就有了猜忌,害怕妥懽帖睦尔即位之后追究明宗被害之事,所以推迟迎立达6个月。在皇位空缺期间,一切军国政事均决于燕铁木儿,实际上已成皇帝之实。后燕铁木儿以荒淫过度身死,妥懽帖睦尔才得以即皇帝位,是为顺帝。

和林 和林,成吉思汗系蒙古帝国的首都之一,忽必烈系元朝的岭北行省省会城市,全称哈剌和林。

元文宗与青梅

　　元代中期，由亲兄武宗皇帝授位的仁宗皇帝驾崩，其子英宗继位，武宗的两个儿子分别遭到朝廷的排挤和迫害，次子图帖睦尔被贬逐至海南岛。

　　图帖睦尔被贬来海南岛后，就居住在琼州府元帅陈谦亨家里。正好府中有一侍女名叫青梅，能歌善舞，声色双绝，竟令图帖睦尔为之倾倒。于是，图帖睦尔就向陈谦亨表明了心迹，想要求得陈谦亨的同意，将青梅姑娘下嫁给他。

因为在古代,官宦人家的奴婢是没有人身自由的,要想嫁人都得经过主人家的同意才行。所以图帖睦尔先问陈谦亨的意见。然而让图帖睦尔没有想到的是,陈谦亨居然告诉他:"我虽然是青梅的主人,但我仍然不能强迫她,让她嫁人。因为青梅是个很刚烈的女子,绝不会屈从于强权的。而且青梅的眼光也是很高的,青梅家里世代居住在定安,在定安也算是名门,她的父亲曾经在大都做过官,因不肯与坏人同流合污,而遭到奸臣陷害,被迫害致死,从而家破人亡,青梅沦落为奴婢。虽然她为侍婢,地位低微,但她本身却也是一个清高的人。"

图帖睦尔听了陈谦亨的话后,对青梅姑娘有了进一步的了解,他就更加喜欢这个不肯自甘堕落的女孩了。于是,图帖睦尔鼓足勇气找到了青梅,向她表明了爱慕之情,希望可以跟她白首偕老。图帖睦尔自认为以他皇子的身份一定可以抱得美人归的,但是,青梅姑娘很是干脆地拒绝了图帖睦尔的请求。在青梅姑娘看来,图帖睦尔虽然是一位皇子,但却是一位落魄得一贫如洗的而且意志消沉的皇子,说不上哪一天远在都城的皇帝心情不好,想起了这位皇子,就会下一道诏书,让他从这个世界上消失。到时候,自己岂不是又要倒霉。更何况他在落难之时信誓旦旦,日后得意了谁又能够保证一如既往。

图帖睦尔被拒绝以后,由于政治上的失落和爱情上的挫折,心灰意冷。万般无奈中,图帖睦尔赋诗自嘲:"自笑当年志气豪,手攀银杏弄金桃。溟(míng)南地辟无佳果,问着青梅价亦高。"一个落难的皇子被一个丫鬟拒绝,并写自嘲诗,此事传开后,被许多人传为笑话。这琼州府,当年有钱有势的人很多,官吏也不少,可却没有一个人愿意帮他。此事被当时定安南雷峒主王官知道了,便来到陈府,接心情灰暗

的皇子到定安南雷峒来旅游散心。王官对图帖睦尔的遭遇深表同情，生活上给予他百般的照料。这位王官峒主经常陪同图帖睦尔到万泉河游玩，一起领略海南岛美丽的自然风光和淳朴的风土人情，千方百计地让图帖睦尔玩得开心，想尽办法为图帖睦尔消愁解闷。尔后王官又亲自为媒，上元帅府说服青梅，并资助图帖睦尔300金为聘金，让图帖睦尔终于和青梅喜结连理了。

王官对图帖睦尔的帮助是他这一生中最重要的一次投资，虽然他当时并不是很清楚，然而很快他就见到了成效。让谁都没有想到的是，在英宗死后，泰定帝即位了。而贬居琼州两年多且只有20岁的图帖睦尔皇子，在1324年忽然被召归北上，并封为怀王。或许是否极泰来，4年之后，图帖睦尔于1328年又忽然登上了大位，成为元朝第十二位皇帝——元文宗。

元文宗还算是一个有良心的皇帝，登基后，对他的流放地琼州府念念不忘。1329年，把琼州路改为乾宁军民安抚司，并在潜邸所在之处修建了大兴龙普明禅寺，以谢上天垂佑。为报答定安人王官雪中送炭之义，1329年文宗将定安县升为南建州，直属海北元帅府，封南雷峒主王官为世袭知州。王官封知州后，还获赐金碗玉箸和官袍等实物奖赏。图帖睦尔更没忘记青梅，这段患难之交、生死之恋，使青梅被册封为妃，钦命进京。可惜红颜薄命，青梅北上途中一病不起，竟逝于浙江。得知青梅死讯，文宗图帖睦尔忧思成疾，借酒浇愁。有一次醉梦之中得会青梅，便御赐所喝之酒为"青梅酒"。

海 南 岛

海南岛，为中国一个省级行政区——海南省的主岛。海南省简称琼，位于中国最南端。从平面上看，海南岛就像一只雪梨，横卧在碧波万顷的南海之上。海南岛不仅物产资源丰富，而且也是旅游胜地。

关汉卿与《窦娥冤》

　　北宋以来,中国的城市发展迅速,手工业和各种行会组织如雨后春笋般兴起。蒙古人的铁蹄虽蹂躏中原、江南数十年,但横跨欧亚的大元帝国的建立,使得海上、陆路交通四通八达,辐射南北东西,城市发展逐渐恢复了元气。大都、苏州、杭州等地商业繁华,人头攒动,昔日已经风行一时的勾栏瓦肆中的说唱、杂技、戏剧,在元朝更加发达。同时,随着南宋王朝的覆灭,大批蒙古、色目、汉人等随着军队蜂拥到中国南方,或行戍,或做官,或经商,这些人也需要适合自己口味的娱乐。于他们而言,以北曲歌吟为主并以北方方言为基础的杂剧,最符合他们的欣赏需要。于是,元杂剧开始风靡起来。在这种社会氛围中,昔日吟风弄月的士大夫在串场走穴中

不仅挣得了糊口钱，物质生活越过越滋润，放下身架后，他们又能在戏曲中抒发胸中块垒，自然日渐投入，在这些人之中比较出名、成就比较大的就要数关汉卿了。

关汉卿大约生于金代末年，卒于元成宗大德初年，元代著名杂剧作家，与马致远、郑光祖、白朴并称为"元曲四大家"。关汉卿位于"元曲四大家"之首，号已斋叟。关汉卿曾写有《南吕一枝花》赠给女演员珠帘秀，说明他与演员关系密切。他曾毫无惭色地自称："我是个普天下的郎君领袖，盖世界浪子班头。"在《南吕一枝花·不伏老》结尾一段，更狂傲倔强地表示："我是个蒸不烂、煮不熟、捶不扁、炒不爆、响当当一粒铜豌豆。"关汉卿的杂剧内容具有强烈的现实性，弥漫着昂扬的战斗精神。关汉卿生活的时代，政治黑暗腐败，社会动荡不安，阶级矛盾和民族矛盾十分突出，人民群众生活在水深火热之中。他的剧作深刻地再现了社会现实，充满着浓郁的时代气息。

元王朝实行民族压迫政策，把全国人民划分为四个等级，四个等级的人政治地位和待遇不同，汉人和南人受到百般歧视。在残酷的阶级压迫和民族压迫下，各族劳动人民都过着悲惨的日子。贪污横行，冤案多得数也数不清。元世祖死后，他的孙子铁穆耳即位，就是元成宗。元成宗时期，这种贪赃枉法的情况越来越严重。有一次，查出有贪污行为的官吏1.8万多人，冤案5000多件。

关汉卿将人民的悲惨生活看在眼里，就用他那贴近现实、充满血肉之感的笔触，写进作品里。他根据汉代流传下来的"东海孝妇"的民间故事创作了《感天动地窦娥冤》（也叫《窦娥冤》）这部剧本。这部剧也成为了元杂剧史上最著名的一部悲剧。

《窦娥冤》主要讲述的是，因家贫窦娥的父亲窦天章还不起债，又要上京赶考，缺少盘缠路费，就把她卖给蔡家做童养媳。到蔡家没两年，丈夫就得病死

了，只剩下窦娥和她婆婆两人相依为命地过日子。流氓张驴儿欺负蔡家婆媳无依无靠，跟他父亲张老儿一起，赖在蔡家，逼迫蔡婆婆嫁给张老儿，又胁迫窦娥跟他成亲。窦娥坚决拒绝，还把张驴儿痛骂了一顿。张驴儿怀恨在心，欲毒死蔡婆婆，结果反毒死了自已的父亲，便嫁祸给窦娥。昏聩(kuì)的桃杌(wù)太守严刑逼供，并以拷打蔡婆婆来逼迫窦娥招供。窦娥孝顺，担心婆婆，只好含冤招了供。然后贪官桃杌就把窦娥定为死罪。在行刑前，窦娥眼看没有申冤的地方，她愤怒地呼喊："为善的受贫穷更命短，造恶的享富贵又寿延。天地也做得个怕硬欺软，却原来也这般顺水推船。地也，你不分好歹何为地！天也，你错勘贤愚枉做天！"并且她向天发出三桩誓愿：一要刀过头落，一腔热血全溅在白练上；二要天降大雪，遮盖她的尸体；三要让楚州大旱三年。结果，窦娥的冤情感动了天地，她的誓愿都得以实现。后来，窦娥的父亲窦天章在京城做了官，窦娥的冤案得到平反昭雪，杀人凶手张驴儿被处死刑，贪官桃杌也得到应有的惩罚。

《窦娥冤》是关汉卿的代表作，也是中国古典戏曲悲剧的典范。早在1838年就被译成法文流传到了欧洲。接着，又被译成英、德、日等国文字，在世界各地广泛流传。1958年，关汉卿被列为世界文化名人之一，受到世界人民的爱戴和敬仰。

元 杂 剧　　元杂剧，又称北杂剧、北曲、元曲。元杂剧是在金院本和诸宫调的直接影响之下，融合各种表演艺术形式而成的一种完整的戏剧形式。13世纪后半期是元杂剧最繁盛的时期。作为一种成熟的戏剧，元杂剧在内容上不仅丰富了久已在民间传唱的故事，而且广泛地反映了当时的社会现实，成为广大人民群众最喜爱的文艺形式之一。

赵孟頫纳妾

在元朝忽必烈统治时期，有一位著名的大画家、书法家，那就是赵孟頫(fǔ)。赵孟頫(1254～1322年)，字子昂，号松雪道人，湖州人。宋太祖赵匡胤十一世孙，秦王赵德芳之后。与欧阳询、颜真卿、柳公权并列为"楷书四大家"。赵孟頫博学多才，诗词、书法、绘画、音乐等均有很深造诣，其中以书画成绩最为突出。其画题材广泛，风格多样，山水、人物、竹石、花鸟都比较擅长；表现形式也多种多样，工笔、写意、青绿、水墨都十分精彩。其绘画继承前代传统，博采众家之长，自成面貌。赵孟頫的书法，成就最高的是楷书和行书。学李邕(yōng)而以王羲之、王献之为宗，所作碑版甚多，圆转遒丽，人称"赵体"。他作品最主要的特点，无论楷书还是行书，都很工整，四平八稳。温和、典雅是他书法的主要特色。这完全是他深厚的学问、修养所致。他的书法成就和观念，深深地影响了后来人。不仅同时代的一些名家如邓文原、鲜于枢纷纷以他为榜样，明代的祝允明、文徵明，清代的刘墉、乾隆帝也从中汲取了不少营养。

赵孟頫在南宋时曾做过官，不幸的是，在他正欲大展抱负之时，忽必烈的大军南下了，这一年是1276年，赵孟頫22岁。南宋的灭亡是必然的结果，赵孟頫眼看无力回天，只好选择返回湖州，过起隐居的生活。在隐居期间，赵孟頫发奋读书，向当地名儒学习经史，向钱选学习作画。经过10年的努力，他学问大进，到33岁时，成为"吴兴八俊"之一，声闻遐迩，在江南一带颇有名气。赵孟頫在30岁时，结识了德清干山管家村的一代才女管道升，并且两人喜结连理，为赵孟頫的10年隐居生活增加了一些色彩和一丝温情。

元朝统一全国以后，忽必烈深刻地认识到，要想治理好一个国家需要大量

的人才。于是他广招有名望的学者和南宋遗臣等，委以官职。1286 年，行台侍御史程钜夫奉命在江南查访隐逸的有学问有名望的人才时，了解到赵孟頫既是宋室后裔，又是江南才子，名重一时，风采非凡，于是就把他重点推荐给元世祖忽必烈。刚刚到达京城，赵孟頫就受到元世祖的接见。忽必烈见他丰姿如玉，光彩照人，惊呼为"神仙中人"，又见他文采风流，便给予种种礼遇，任命他为从五品官阶的兵部郎中，两年后任从四品的集贤直学士，1292 年他又出任济南路总管府事。赵孟頫是宋朝皇室的后代，却做着异族朝廷的官，虽然地位很高，实际并不受重视，心里很苦闷，就更加寄情于吟诗作画。元世祖去世后，成宗要编纂《世祖实录》，就将赵孟頫召回京城。可是元廷内部矛盾重重，为此，有自知之明的赵孟頫便借病请求返乡，夏秋之交时终于得准返回阔别多年的故乡湖州。

赵孟頫在江南闲居 4 年，无官一身轻，闲来与鲜于枢、仇远、戴表元、邓文原等四方才士聚于西子湖畔，谈艺论道，挥毫遣兴，过着与世无争的宁静生活。有一次，扬州有一个姓赵的大户人家新建了一座明月楼，十分壮观。这天，赵家大宴宾客，庆祝题词。文人墨客纷纷赶来，但谁也不敢坐上座。这时赵孟頫恰巧路过，便入门凑趣，并毫不客气地坐到上座。酒过三巡，主人请宾客赋诗题联，大家不约而同地推上座客人代笔。赵孟頫也不推让，挥笔为明月楼题写了一副对联：春风阆（làng）苑三千客；明月扬州第一楼。众人看那字，真个龙飞凤舞，满室生辉，于是齐声称赞。赵孟頫一落下款，只写一个"赵"字，大家已猜到了八九分：这不是当朝最有名的书法家赵孟頫吗？主人非常激动，要重谢赵孟頫，

赵孟頫却说："你我本为一家,无需如此客气。"然后就走了。

赵孟頫在退隐的4年中,潜心钻研,书画技艺与日俱增,也使得其名声更甚于前。在赵孟頫46岁时,被任命为集贤直学士行江浙等处儒学提举,官位虽无升迁,但此职不需离开江南,与文化界联系密切,相对儒雅而闲适,比较适合赵孟頫的脾气秉性,他一直干了11年。在这期间,由于主管教育、文艺,赵孟頫自己又是书画诗文俱全,风流潇洒,又时时往返于苏杭之间,结交了当地的不少名人雅士。于是,赵孟頫的思想发生了一些变化,追求于风花雪月,迷惑于卿卿我我。

一日,其妻管道升画了一幅"老梅开新枝",赵孟頫看后,连说了8个字:"还是嫩的好,嫩的好!"管道升冰雪聪明,对丈夫的言下之意心知肚明,但默不作声。赵孟頫屡次试探都没有回应,就作诗一首给妻子,大意说:我为学士、你做夫人。岂不闻王学士有桃叶、桃根,苏学士有朝云、暮云?我便多娶几个吴姬、越女也不过分。你年纪已过四旬,只管占住玉堂春就是了!想必是见了无数个吴姬、越女,接收了无数个暗送的秋波,使得赵孟頫心动,想要纳妾。管道升是一代才女,见此诗,回了一首词:"你侬我侬,忒煞情多。情多处热如火。把一块泥,捻一个你,塑一个我,将咱两个,一齐打破,用水调和,再捻一个你,再塑一个我。我泥中有你,你泥中有我,与你生同一个衾(qīn),死同一个椁(guǒ)。"爱恋与专情天地可鉴。赵孟頫见此,尴尬之余,感动长叹:"好一个生同衾,死同椁!"从此再不提纳妾之事。

管 道 升

管道升(1262～1319年),字仲姬,一字瑶姬,江苏青浦(今属上海)人。幼习书画,笃信佛法。曾手书《金刚经》数十卷,赠名山寺。嫁元代吴兴书画名家赵孟頫为妻,封吴兴郡夫人,世称管夫人。

大画家王冕

前文我们曾经讲过元朝的大画家赵孟頫的故事,在赵孟頫之后,元朝还有一位在书画史上都很有名气的大画家,他就是王冕(miǎn)。王冕(1287～1359年),字元章,号煮石山农、梅花屋主等。王冕出生于忽必烈统治的末期,卒于元朝的末年,这使他见到了很多元朝统治者奢侈、残暴的作为和人民生活艰难困苦的情景,从而成长为具有爱国主义思想的杰出诗人和画家。

他出生在一个贫困的家庭里,虽然从很小的时候就表现得很聪明并且有天赋,但是由于家庭条件的原因,他上不起私塾。但这并没能阻碍王冕旺盛的求知欲和强烈的好奇心。有一天,父亲叫他在田埂上放牛,他把牛放在草地上,自己就遛到私塾里去听村童读书。听完以后,总是默默地记住。傍晚回到家里,他把放牧的牛都忘记了。王冕的父亲大怒,打了王冕一顿。但是过后,他仍是这样。他的母亲就说:"这孩子想读书这样入迷,何不由着他呢?"王冕从此以后就白天放牛,晚上寄住在寺庙里。一到夜里,他就暗暗地走出来,坐在佛像的膝盖上,手里拿着书就着佛像前长明灯的灯光诵读,书声琅琅(láng láng)一直读到天亮。

没过多久,王冕的父亲就死了,只剩下王冕和母亲两个人,日子过得越发艰难了,他不得不到财主家去放牛,挣点钱贴补家用。给财主家干活不仅又苦又累,而且动不动就要遭到财主家人的打骂叱责,还会扣工钱。这些王冕都可以忍受,让他最是忍无可忍的是他没有时间看书了,求知的权利被剥夺了。于是,王冕决定不再忍受下去了,但是在辞工之前他还想给财主一点教训。一天,王冕对财主说:"东家我说个故事,请你猜一个字。猜出了,我白给你干一

年;猜不出,你就要付我一年的工钱,并且让我回家。"

财主想,你一个没读过书的小孩能说出什么难题来,就说:"行,你讲吧。"

王冕说:"从前,有个财主想出外做生意发大财。他雇了一个伙计,在合同上写明:财主出钱,伙计出力,一年后赚了钱三七开。干了一年果然发了大财。但财主为了独吞这笔钱,当伙计来分钱时,就哭丧着脸说:'昨天咱们分手时,有匹马受惊狂奔过来,把那只装钱的箱子踩扁了。'就这样,那些钱全部装进了财主的腰包。你猜猜这是个什么字?"

财主想了半天,也没猜出来。

王冕就说:"那财主对伙计说,马踩扁了钱箱,马和扁合在一起不就是'骗'字吗?财主老想骗人嘛。"

财主被王冕借机骂了一通,脸色红一阵,白一阵,但又不好发作,只得给了钱让王冕回家了。

王冕的聪明和好学打动了会稽(huì jī)的一位叫韩性的元朝大儒,韩性就登门找到王冕,收他为徒,教他读书作画。青年时期的王冕,并不像他后来那样悠闲恬静,倒是个热衷于功名事业的人。他曾专心研究兵法,学习击剑,有平天下之志,常拿伊尹、吕尚、诸葛亮比喻自己,想做一番惊天动地的事业。但元朝贵族统治歧视汉族知识分子的残酷现实打击了他,他的这一幻想很快就破灭了。他曾多次参加进士考试,都没有考中。回来后,满怀气愤,就把所有的文章烧毁掉,表示永绝仕途的决心。

后来,他到杭州去旅游,几天的泛舟西湖和凭吊古迹,使他饱览了春日杭州的风光。有一天,他看见了一个人牵着花毛驴儿,在杭州到处招摇撞骗,说什么花毛驴儿善解人意,且懂人的语言。当时江南洪涝成灾,人民忍饥挨饿,而花毛驴儿倒是吃稻谷,贪官污吏更是花大价钱争相观看。王冕见此怪事,气得十来天吃不下饭,常常泪如雨下。后来,在王冕39岁的时候,他又从杭州古塘乘运河船北上,过嘉兴、松江、镇江,到南京小住,然后又渡长江,跨淮河,经徐州、兖州、济州直到大都。这一次千里跋涉,使他的视野和胸襟大大地开阔,使他对社会现实和统治阶级的认识更加深刻、清楚。此后,他的诗画更是不同凡俗,他的爱国思想也更加强烈。

由于王冕的诗画风格独特,声名鹊起,从而使得他在大都居住期间,达官贵人争相向他求诗索画,而他又不想给这些人作画。于是有一天,他画了一幅梅花,贴在墙壁上,并题诗说:"冰花个个团如玉,羌笛吹它不下来。"表示自己不愿给外族统治者作画,对权贵予以无情的讽刺。他的行为触痛了统治者的疮疤,一些人就想对付他,于是他就返回了家乡,隐居于九里山的水南村,过着清贫而又悠闲自在的日子。他的朋友著作郎李孝光,想荐他为府吏,王冕道:"我有田可耕,有书可读,岂肯做人家的使唤?"而且他还画了一幅《墨梅图》,并在上面题诗曰:"吾家洗砚池头树,朵朵花开淡墨痕。不要人夸颜色好,只流清气满乾坤。"表达了他鄙视流俗、坚贞自守的高尚情操。

李孝光

李孝光(1285~1350年),字季和,温州乐清(今属浙江)人,元代词作家。少年时博学,以文章闻名当世。早年隐居在雁荡五峰山下,1344年应召为秘书监著作郎,后升为秘书监丞。

纺织家黄道婆

"黄婆婆，黄婆婆；教我纱，教我布；二只筒子两匹布。"

这是流传在上海地区的一首民谣。几个世纪以来，它像一座无形的碑，铭刻着一位平凡而伟大的中国女性的光辉业绩；它像一团熊熊的火，温暖着无数勇于追求自由美好生活的黎民百姓的心。民谣中歌颂的黄婆婆，就是中国古代纺织史上芳名永存的科学技术革新家黄道婆。

黄道婆生于南宋末年淳祐年间，是松江府乌泥泾(jīng)镇人。南宋末年是一个多灾多难的年代，战乱频繁，民不聊生。江南地区人民长期蒙受统治者的掠夺与压榨，又遭到蒙古铁蹄蹂躏威胁，还连年为天灾所扰，人们纷纷逃荒。富庶的江南地区，竟呈现了十室九空的败落景象。黄道婆的家乡松江府乌泥泾镇，土地贫瘠，粮谷短缺，百姓更是难以度日，不少人都靠种植棉花、纺线织布勉强糊口。当时，黄道婆的家里也十分贫寒，因此她在很小的时候就已经跟随家人下地劳动了。她心灵手巧，好学好问，肯动脑筋，善于琢磨，所以她学什么都非常快。当地人就告诉黄道婆种棉纺织会挣到钱，能够养家糊口。于是，黄道婆就开始向会纺棉的成年人学习。起初，她不会干，弹出的棉花、纺出的棉纱都没有别人的好。可是，她毫不气馁，坚持练习，争取学会操作。没多久，她便熟练地掌握了全部操作工序：剥棉籽、弹棉絮、卷棉条、纺棉纱、织棉布，每一样都做得又快又好。邻里们都夸她是一个又勤劳又能干的好孩子。

但就在这个时候，不幸降临到了她的身上，由于家里贫困，眼看就要吃不上饭了，她的父母只好把12岁的黄道婆卖给人家当童养媳。而更为不幸的是，她偏偏又遇上刻薄的公婆、蛮横的丈夫。黄道婆成为童养媳后，每天都要

起五更，爬半夜，侍候全家人的吃喝穿戴，白天还要下地干活，晚上也得织布到深夜，就是这样还要遭受公婆、丈夫的非人虐待，他们经常不给她饭吃不让她睡觉。她的生活里，没享受过慈爱，没得到过温暖，辛酸的泪，把她活泼的童年过早地掩埋干净，只有棉纺劳动，才给了她莫大的快慰。但是，黄道婆也发现了当时的棉纺技术还有很大的问题：棉花去籽用手指一个一个地剥，实在太慢；弹棉絮的小弓，才一尺半长，还是线弦，须用手指来拨动，弓身小，没有劲，线弦容易断，手指拨弦费力气，以这样落后的技术纺纱织布，怎么能供上那些干活人穿衣服的需要呢？她心里经常想：能不能有什么新办法提高工效呢？

后来，在一次赶集的时候，她看到了从闽广运来的棉布，色泽美观，质地紧密，再后来又见到海南岛的黎族、云南高原上的彝族所生产出来的各种样式、质地的布匹，不由得对那些地区心驰神往，暗想：若是能学到那里的纺织技术该多好啊！但她只是一个童养媳，每天都必须要做沉重的劳动，婆家怎么可能让她去那么远的地方去学习什么技术啊，不过她的心中还是非常渴望的。在又一次被公婆、丈夫一顿毒打，又被关在柴房不准吃饭，也不准睡觉之后，黄道婆再也忍受不住这种非人的折磨，

决心逃出去,去访求先进纺织技术,实现夙愿。半夜,她在房顶上掏洞逃了出来,躲在一条停泊在黄浦江边的海船上,随船到了海南岛的崖州。

一个从未出过远门的年轻妇女只身流落异乡,人生地疏,无依无靠,面临的困难可想而知。但是淳朴热情的黎族同胞十分同情黄道婆的不幸遭遇,接受了她,让她有了安身之所,并且在共同的劳动生活中,还把他们的纺织技术毫无保留地传授给她。当时黎族人民生产的黎单、黎饰、鞍塔远近闻名,棉纺织技术比较先进,黄道婆聪明勤奋,虚心向黎族同胞学习纺织技术,并且融合黎汉两族人民的纺织技术的长处,逐渐成为一个出色的纺织能手,在当地大受欢迎,和黎族人民结下了深厚的情谊。黄道婆在黎族地区生活了将近30年,但是,她始终怀念自己的故乡。

在元朝元贞年间,她从崖州返回故乡,回到了乌泥泾。黄道婆重返故乡时,植棉业已经在长江流域大大普及,但纺织技术仍然很落后。她回来后,根据自己几十年丰富的纺织经验,毫无保留地把自己精湛的织造技术传授给故乡人民。她一边教家乡妇女学会黎族的棉纺织技术,一边又着手改革出一套赶、弹、纺、织的工具,并将其推广开来。经过黄道婆改革后的棉纺工具,使棉纺的效率提高了很多。她除了在改革棉纺工具方面作出重要贡献以外,还把从黎族人民那里学来的织造技术,结合自己的实践经验,总结成一套比较先进的"错纱、配色、综线、絜(jié)花"等织造技术,热心向人们传授。从而才有了"乌泥泾被,衣被天下"的美誉。

黎族　黎族是我国岭南民族之一。主要聚居在海南省中南部。根据2000年第五次全国人口普查统计,黎族人口数为1247814。黎族的经济以农业为主,妇女精于纺织,"黎锦"、"黎单"闻名于世。

权臣伯颜的倒台

权倾朝野的太平王燕铁木儿由于长期酒色过度而溺血身亡，卜答失里皇后和众大臣亲王商议后确定正式拥立妥懽帖睦尔，同时约定了妥懽帖睦尔的法定继承人为燕铁古思。1333年6月，在满朝文武和宗室亲王观礼下，妥懽帖睦尔即皇帝大位于上都，正式登上元末政治舞台，是为元顺帝，不久后改元"元统"。元顺帝即位后，为报谢拥戴之功，拜大臣伯颜为中书右丞相。

当初，燕铁木儿趁泰定帝初死在大都举事，南迎元文宗入朝，正是首先给身任河南行省平章政事的伯颜发密信，让他率军队保护时为怀王的元文宗北上。由于昔日元武宗待伯颜有恩，他临危受命，在政治形势完全不明朗的情况下，毅然应命。元文宗入河南境内后，伯颜一直陪他回到大都。所以，元文宗时期，伯颜因拥立之功，已获加太尉、太保、太傅的荣衔，并被封为浚宁王，主管禁卫军权。而到了元顺帝即位以后，虽然太平王燕铁木儿已经死了，但燕铁木儿家族的势力仍然很大，顺帝为了和燕铁木儿家族相抗衡，就在拜伯颜为中书右丞相之后，又进其为太师。不久，又进封伯颜为秦王。

这个时候燕铁木儿家族以唐其势为首，他是燕铁木儿的长子，时为中书左丞相。唐其势见伯颜一派势力越来越大，官职又居于自己之上，非常不满，常与朋友说："这天下本是我家的天下，他伯颜算什么东西，偏偏还位居我之上，可恨！"唐其势因怨恨伯颜权位高于自己，就给自己在外地的叔叔答里写了封信。信中抱怨叔父撒敦过世后，政敌伯颜跋扈专权，元顺帝

偏心昏庸。他表示为了自己家族的势力不被动摇，希望叔父能设法起兵，进京清君侧，并废了元顺帝而另立新君。答里接信后和宗室亲王晃火帖木儿王爷一起商量这件事情，晃火帖木儿也早想叛变，就怂恿答里一起联手举兵。于是答里回信唐其势答应清君侧，并约侄子为内应。不承想，这个计划被郯（tán）王彻彻秃知道了，这位亲王的选择是向元顺帝告密。元顺帝提前知道了答里的幕后活动后，几次派使者召他进京，警惕的答里屡屡找借口推延不去。后来元顺帝直接把这个阴谋告诉给了秦王伯颜，两人商量好由担任右丞相又统管全国军权的伯颜来暗自加强戒备防范。唐其势可能也觉察到了情况不妙，等不及答里在外地起兵，自己和弟弟塔剌海一商量就决定提前行动。1335 年 6 月末，武将出身的唐其势伏兵上都东郊，并亲自率领一队精选的勇士杀入了禁宫大内。原以为对手毫无防备而志在必得的叛军，没想到碰上了精心等候多日的伯颜的伏兵。同样是行伍出身的伯颜亲自督率部下向唐其势凶狠地杀过来，没有多久，就将唐其势和其弟弟塔剌海生擒活捉。

在将燕铁木儿家族连根铲除之后，元顺帝对伯颜更加宠信了。没有对手的伯颜开始专权自恣（zì），虐害天下。他不仅在朝中遍植党羽，还让亲侄脱脱担任禁宫侍卫长，用以监视顺帝的行为。然而，脱脱自幼受教于汉族大儒吴直方，深知君臣之礼，忧虑伯父伯颜所为，深恐将来连累到自己，于是主动向顺帝表明忠君不贰的心意。

伯颜是一位权欲利欲熏心之人，办事从不为国家的前途和命运着想，却处处事事为个人和小集团利益打算。他把握国家用人和生杀大权，他的专横跋扈遭到一些汉族官员和士人的反对。他认为这些汉人主要靠科举作为晋身之阶，便下令取消科举取士制度。他对元顺帝说："陛下您日后生了太子，千万别让他读汉人书，那些汉人爱哄弄人、欺负人。我先前手下有个牵马执

鞭的汉人,好久不见其面,问其家属,支吾地说他出外应科举未回。为臣我真想不到,就连牵马的汉奴都混入应考队伍中。"

有一天,一个西藏巫婆来到宫中为伯颜看相,说他脸色不太好,将来可能会死于南人之手。他听后心中一颤,马上发布命令,禁止南方汉人手中留有兵器,蓄养马匹。伯颜甚至还上奏元顺帝要把张、王、刘、李、赵五大姓汉人全部杀光。元顺帝此时已逐渐长大成熟,没有同意他的意见,才避免了一场浩劫。伯颜不但在政治上专权滥用,还贪得无厌。

他为了满足自己无止境的奢侈生活,拼命兼并土地,横征暴敛,甚至一次就逼元顺帝赏赐他5000顷土地。他还把持国家府库钱帛的进出,随意贪污,使国家赋税收入大部分进入他个人的腰包。伯颜的权力本来就够大的了,但他利也要,名也要,不断当着众大臣的面要求元顺帝给他加官晋爵,使他受封的官职和称号多达32个,共246字,成为中国历史上官衔和封号最多的一个人。

随着伯颜的权欲、物欲和名欲的膨胀,民怨和朝廷中的不满情绪也不断增长,以至到后来连对他百依百顺的元顺帝也忍受不了。顺帝经过观察,知道脱脱真心站在自己一边,便日夜与心腹世杰班、阿鲁以及脱脱在一起谋划,商量如何解决伯颜。最后利用他外出游猎的机会,剥夺他的权力,贬他去岭南。伯颜一路上受到沿路百姓的咒骂和讥讽,不久便病死途中。

吴 直 方

吴直方(1275～1356年),浦江(今属浙江)人,字行可。曾与方凤、谢翱、吴思齐等名儒交游。泰定年间,为马札儿台礼聘,教其子脱脱、也先帖木儿。顺帝时,劝脱脱定计逐走其伯父权臣伯颜。脱脱实行更化政策,常同政于他,对脱脱颇有影响。

脱脱之死

扫码查看
☑ 中华故事
☑ 典故趣闻
☑ 能力测评
☑ 学习工具

　　伯颜倒台后,元顺帝因为脱脱立有头功,所以下诏任命脱脱之父马札儿台为中书右丞相,以脱脱主持枢密院事务,并统领各部禁卫军。马札儿台和他亲哥伯颜一样,是个财迷。堂堂宰相,竟然派手下在通州开酒馆赚钱,又让人贩卖淮盐赢利。脱脱见其如此,心中很是忧虑,于是密召马札儿台平素言听计从的一个名叫佛喜的高参,说:"我父亲对您言听计从,不如劝说他老人家解职闲居,享享清福。否则,别人会议论他逐兄而占其相位,传出去太不好听。"结果,马札儿台还真就称病辞职了。于是,元顺帝任命脱脱为中书右丞相,主管军国政事。由此,脱脱可以放开手脚大干,尽变伯颜旧政,使时政焕然一新。这就是史称"脱脱更化"的故事了。

　　"脱脱更化"发生于1341年,元顺帝起用脱脱当政,改元"至正"。脱脱主政后积极推动改革,改革的主要措施有:

　　1. 平反昭雪一批冤狱。为伯颜当政时期迫害的一批大臣宗王平反,主要有为剡王冤案平反,召还宣让王、威顺王二王,恢复他们的爵位。

　　2. 恢复科举取士制度,施行太庙四时祭礼。科举制起于隋唐,但元朝建立后直到仁宗的时候才实行科举制度。伯颜掌权后,为防止汉人做官,下令废止科举。科举的恢复主要源于脱脱老师吴直方的建议,他对脱脱说:"实行科举,不一定非要增加国家官俸的支出。有此制度,家家读书,人人思举,人读书则不敢做坏事,以君臣孝道为纲,如此,对治理天下有很大的好处。"所以,科举的恢复,既笼络了汉族士人,又冲淡了民族隔阂,还能消解民间造反之心,可谓一举三得。

3.开宣文阁,选儒臣进入其中讲解经典文章。伯颜掌权时,把元文宗时代的奎章阁制度破坏殆尽。脱脱成为丞相后,改奎章阁为宣文阁,召集儒士,尊儒崇孔,重修文治。

4.开马禁,为农民减负,放宽政策。脱脱上台后,下令免除百姓拖欠的各种税收,放宽了对汉人、南人的政策。此前民间禁止养马,脱脱上台废除了这一禁令。

5.主持编写宋、金、辽三史。在改革制度之外,脱脱还主持修撰了宋、辽、金三朝国史。自古以来,修写前朝国史总是很敏感的问题,尤其对于元朝来说更是如此。因为,在蒙古帝国崛起于草原的时候,金、宋两朝还并立于世。那么修史的时候,如何纪年,这个问题处理不好,修史就达不到总合人心的作用,反而会造成人心离散。脱脱理智地处理了这个问题,三朝国史,都用三朝原有年号纪年,而不是通用元朝年号纪年。这种开明的态度,在蒙古贵族当中极为难得。作为总纂官的脱脱,召集了汉、蒙、维吾尔等各族学者参与其事,开创了各族史家合作修史的先例。从1343年开始,到1345年10月,116卷的《辽史》,135卷的《金史》,496卷的《宋史》相继修完。后来,这三部史书被列入中国正史"二十四史",而"二十四史"中,只有《宋史》、《辽史》、《金史》三部是少数民族宰相主编的,也只有这三史是汉族和其他少数民族历史学家共同完成的。

史书修完后,脱脱又请修《至正条格》,颁布天下。一次,脱脱向皇上进言:"陛下继位以来,天下平安无事,现在应该多多关心圣学,以教化天下臣民。臣听说有不少人阻挠这件事,陛下应该清楚其中的利害关系。如果一个国家连教化臣民的经典史书都不够,那还谈什么恩泽九州?先前世祖皇帝在这方面是很注重的。"说到这儿,脱脱命秘书监取出世祖时期制定和颁布的经书,进献给皇上。皇上认为脱脱所言极是,心中十分高兴,当下命令脱脱从速办理。

脱脱在 4 年多时间的改革中,使元朝末年的昏暗政治一度转为清明,取得了不少成绩。1344 年,脱脱感到身体不适,又听信术士说"年月不利",于是上表请辞。顺帝不允,脱脱连上 17 表,顺帝终于同意。

然而,脱脱病辞的 5 年时间里,元帝国接连不断地被天灾人祸所打击。1344 年,黄河决口,河南、山东、河北、安徽、江苏等省很多地区成为一片泽国,朝廷的漕运和盐场都受到很大威胁,财政入不敷出,这亟(jí)须政府采取积极有效的措施。而相继秉政的几任丞相都不能和衷共济,顺帝在危急之中,于 1349 年重新起用了脱脱为中书右丞相主持危局。脱脱再次主政之后,首先以贾鲁

为工部尚书,总治河防,使黄河恢复故道。同时,为了挽救财政危机,脱脱下令发行"至正交钞",并同时铸造新钱一并发行。在这一措施上,脱脱犯了致命错误,造成严重的通货膨胀。结果,老百姓对交钞舍弃不用,交钞成为购买力极低的废纸,而治理黄河所征发的兵民所得到的报酬就是这种交钞。被天灾人祸折磨得苦不堪言的民工终于奋起反抗,燃起了元末农民大起义的烽火。

脱脱立即进行镇压,并对自己的政策进行一些调整,在京城附近开垦田地,招募人员耕种以解北方粮荒。在脱脱的主持下,元帝国虽然处处闻警,遍地狼烟,但仍维持了对于全国的控制,并对各地起义军进行了卓有成效的镇压。1353 年底,各地红巾军均被元军击败,农民起义陷入低潮。

在这一过程中,脱脱得罪一个不应该得罪的人,这个人不仅断送了脱脱的政治命运,也断送了大元朝的命运,这个人就是康里人哈麻。哈麻因嫉恨脱脱,就在皇长子面前说,脱脱阻挠顺帝立其为太子,致使皇长子怀恨在心。于是,哈麻指使御史弹劾脱脱,皇长子也在旁边说坏话,元顺帝信以为真,就下诏剥夺脱脱的一切职务。当时脱脱正在前线指挥打仗,各将领劝脱脱道:"将在外,君命有所不受。可以等消灭叛军后,丞相回京面见圣上加以解释就行。如果现在奉诏则所有事情都完了。"

脱脱道:"天子下诏给我,如果我不遵从,就是对抗天子,那么置君臣之间的大义于何地呢?"于是,脱脱被革职流放。1355 年 12 月,哈麻又遣使用药酒将脱脱谋害。时年脱脱 42 岁。

> **贾鲁** 贾鲁(1297～1353 年),字友恒,元代高平人。少年时聪明好学,胸怀大志,长大后谋略过人。1343 年,诏修辽、金、宋三史,召贾鲁为宋史局官。贾鲁曾多次领导治理黄河,拯救民众于洪水之中。

石人一只眼

　　到了元朝末年,土地更加集中,朝廷更加腐败,百姓生活更加困苦,各种矛盾日益激化。1344 年,黄河一年三次决口,殃及冀、鲁、豫广大地区,以致广大人民流离失所,饿殍遍野。严重的黄河水灾,不仅给人民带来了灾难,也影响元王朝的财政收入。于是就有人向朝廷建议,把决口的地方堵住,另外在黄陵冈开挖河道,疏通河水。1351 年,脱脱任命贾鲁为工部尚书,征发了汴梁、大名等 13 路民工 15 万和兵士 2 万人,到黄陵冈开挖河道。

　　在这 15 万民工中有一个叫韩山童的河北农民,他的祖父曾经是白莲教的教主,因暗地组织农民反抗元朝,被官府发现,充军到永年。韩山童长大以后,继续组织白莲教,并且聚集了不少信徒,如刘福通、杜遵道、罗文素、盛文郁、王显忠等人。在元朝组织民工开始疏浚黄河以后,韩山童等人决定利用这一时机发动起义。

　　于是,韩山童就组织人在民工中宣传说:"天下将要大乱,明王已经出世,弥勒佛已经降生,光明就要到来了。"而且韩山童与刘福通等人事先雕刻了一具一只眼的石人,背上刻着"莫道石人一石眼,挑动黄河天下反"的歌谣,并把这个石人埋在河工必经的黄陵冈上。然后,韩山童与刘福通等人又把石人背上的歌谣流传出去,民工们不懂这歌谣是什么意思,但是听到里面有"天下反"三个字,就觉得好日子快要到来了。1 个月后,民工在河道上真的挖出了一个石人。大家好奇地聚拢来一瞧,只见石人脸上正是一只眼,不禁呆住了。这件新鲜事又很快地在十几万民工中传开来,大家心里都想,民谣说的真的应验了,既然石人出来,天下造反的日子自然来到了。韩山童和刘福通看准这个有利

时机,召集了 3000 多人会盟,准备起义。刘福通对韩山童说,现在元朝压迫百姓那么厉害,百姓还想念着宋朝。如果打起恢复宋朝的旗帜,拥护的人就会更多。韩山童很赞成这个主张,就跟大家宣布,说他本来不姓韩,而是姓赵,按辈分排起来,还是宋徽宗的第八代孙子;刘福通也是南宋大将刘光世的后代,要辅佐韩山童夺取天下。会上群情激奋,最后决定推举韩山童为明王。正在歃(shà)血立誓的时候,有人走漏了消息。官府派兵士把韩山童抓去,押到县衙门杀了。韩山童的妻子带着他儿子韩林儿,逃脱了官府追捕,到武安躲了起来。

刘福通逃出包围,把约定起义的农民召集起来,攻占了颍州等一些据点。原来在黄陵冈开河的民工得到消息,也杀了河官,纷纷投奔刘福通的队伍。因为起义兵士头上裹着红巾,当时的百姓把他们称作红军,历史上把他们称作红巾军。不到 10 天,红巾军已经发展到十多万人。在刘福通颍州起义的带动下,长江、江淮流域等广大地区的农民纷纷起义,这些起义军,以北方的刘福通和南方的徐寿辉两支最强。这两支义军的发展,将元朝统治区域南北隔绝,粮运中断,有力打击了元朝的统治。元王朝听到刘福通声势浩大,吓慌了神,赶

忙调动军队，镇压红巾军。元朝的军队以前可能是战无不胜的，但是这个时候，已经十分腐败，将领们只知道喝酒享乐，兵士们到处抢劫。一碰上红巾军，还没交锋，主将带头挥着鞭子，骑马向后逃奔，下面的兵士一看主将临阵脱逃，也都四散逃窜了。

元顺帝只好再派丞相脱脱亲自率兵征讨刘福通义军。脱脱先攻占了徐州，又用封官许愿的办法让地主武装为朝廷服务。这样，外有元朝正规军队征讨，内有地主武装作乱，刘福通义军的日子越来越不好过。正在这时，元朝内部自己又出现了问题，脱脱被革职流放了。这使义军又发展了起来，1355 年 2 月，刘福通找到了韩山童的妻子杨氏和儿子韩林儿。刘福通等红巾军首领便在亳(bó)州城西北 2 里的地方建了一个明王台，正式拥立韩林儿为帝，称"小明王"，国号定为"大宋"，年号"龙凤"。小明王委任郭天叙为都元帅，张天佑为右副元帅，朱元璋为左副元帅。

后来，朱元璋经过几年的发展，势力越来越大，成为起义军中最大的一支。并于 1368 年初，正式称帝，国号大明，建元洪武，定都应天府。朱元璋就是明太祖。朱元璋称帝后，发起北伐，北伐军团在徐达率领下，打败了负隅顽抗的扩廓帖木儿。徐达于 1368 年 8 月率大军进入大都，统治达 97 年之久的元朝，终于灭亡。元顺帝仓皇北逃，在塞外继续称帝，其子继位后，史称"北元"，1402年撤销国号，归顺明朝。

朱 元 璋

朱元璋，明王朝的开国皇帝。汉族，濠州(今安徽凤阳县东)钟离太平乡人。25 岁时参加郭子兴领导的红巾军反抗蒙元暴政。1368 年，在基本击破各路农民起义军和扫平元的残余势力后，于应天府称帝，国号明，年号洪武，建立了全国统一的封建政权。

徐寿辉与陈友谅

1351年,刘福通率领白莲教众在颖州发动农民起义。为响应刘福通的起义,同年8月,徐寿辉、彭莹玉在蕲州发动起义,攻陷蕲水和黄州路。于是,彭莹玉等诸将一致拥护徐寿辉为帝,并以蕲水为都城,定国号为"天完"。之所以定国号为"天完",是因为"大"上加"一"为"天","元"上加"宀"是"完","天完"就是要压倒"大元"的意思。

徐寿辉起义军建国以后,立即调度各路人马,向元朝统治发动猛烈的攻击,使天完政权获得很大发展。起义军在很短时间里,取得了一系列重大、辉煌的胜利,先后攻占了汉阳、武昌、安陆、江州、岳州、房州和归州等地,然后分兵攻取瑞州、徽州、饶州。这样,徐寿辉的天完政权就拥有了湖北、江西、湖南和安徽等省的大片土地,形成了很大的实力和影响。1352年,徐寿辉率起义军主力东征,又取得新的重大胜利。起义军首先攻占昱(yù)岭关,从而打开了浙皖两地的重要通道,撤去了杭州的屏障。徐寿辉于此挥师下关,攻占余杭县城,并于7月占杭州。

进驻杭州后,徐寿辉约束军队,严明纪律,禁止士兵侵扰百姓。同时,徐寿辉下令打开元朝的杭州府库,将其中的粮食与钱财散发给广大老百姓。这种做法赢得了人民群众的广泛支持与拥护,许多人积极参军。因而在杭州,徐寿辉的力量进一步壮大,兵力号称百万。

天完国红巾军的日益壮大引起了元朝廷的恐慌,元顺帝急令南方各行省军队和当地地主武装镇压红巾军。在元军向起义军疯狂反扑的过程中,徐寿辉的最得力助手、南方红巾军创始之一彭莹玉,在战斗中不幸被俘并壮

烈牺牲，造成了天完政权一次严重挫折和损失。这时，其他各支起义军亦相继受挫。

1353 年 12 月，元朝统治者将江浙、湖广、江西等地官军集中起来，统一调度，联合进攻蕲水。天完国红巾军将士进行了英勇抗击，但还是因为寡不敌众，被攻破城池，400 多名天完政权官员被杀。徐寿辉率领部队先后退到黄梅县挪步园一带和沔 (miǎn) 阳县的滨湖地区坚持战斗，同时对军队也进行整顿。这之后，元朝丞相脱脱又率百万大军于 1354 年 9 月围攻张士诚的统治中心高邮。就在马上就要胜利的情况下，元朝廷自己出了内乱，下诏削去脱脱的所有官爵，临阵换帅的决定，致使元军溃乱。张士诚乘机出战，获得了胜利。在张士诚红巾军对元军取得重大胜利的有利形势下，天完红巾军大举反攻，重新夺

取江西、湖南，控制了四川盆地和陕西的一部分地区。

1356年，天完国红巾军倪文俊部再次夺得汉阳，于是他迎请徐寿辉来到汉阳，并于汉阳重新建都。这年天完国红巾军又连续攻下澧(lǐ)州、衡州、岳州等地，次年又攻下峡州及巴蜀诸郡，拥军达几十万，天完国又重新壮大起来。但是，倪文俊性情暴躁，居功自傲，竟想取代徐寿辉。不承想，由于他平日里对待下属刻薄寡恩，致使阴谋败露，并遭到部下强烈反对，倪文俊只得带上部分军队仓皇逃出汉阳，投靠驻守黄州的部属陈友谅。结果陈友谅早已对他不满，于是就用计袭杀倪文俊及其亲信。

之后，陈友谅取代了倪文俊而成为天完政权中掌握实权的大人物。经过重新部署，陈友谅指挥起义军向江西和安徽发展，并先后攻占安庆、池州、龙兴、瑞州以及赣(gàn)州。

1359年底，陈友谅移师江州，名义上仍以徐寿辉为帝，实际上独揽全权，自称汉王，又自己任命官员，窃位之心昭然若揭。1360年，陈友谅东下进攻朱元璋的红巾军，先后攻下太平与采石矶。这时陈友谅已踌躇满志，便杀害徐寿辉，自立为帝，改国号为"汉"。

陈友谅称帝后，率军大举进攻朱元璋，结果被朱元璋用计击败。之后1361年，朱元璋率军反攻，先后攻克饶州、安庆、洪都等地。

1363年，陈友谅与朱元璋会战于鄱阳湖，经过36天的血战，陈友谅中箭身亡，全军大败。

张 士 诚

张士诚(1321～1367年)，元末明初的义军领袖与地方割据势力之一。东台白驹场人(今属江苏大丰市)，小名九四，出身盐贩，汉族人。后为朱元璋所灭。

孛罗帖木儿作乱

前文讲到元末农民起义的红巾军内部出现纷争,互相攻击。按理说这个时候应该是元朝军队大举进攻,一举平叛的大好机会,然而元朝军队非但没有进攻红巾军,反而坐看朱元璋一点一点地吞并南方的割据势力,一步步强大起来。而且这个时候,元朝军队还自己人打起了自己人来。原来,不是元朝军队不想来打红巾军,而是在红巾军内部出现纷争的时候,元朝内部也是一片混乱。

这个时候,元顺帝已经即位近30年了,皇太子爱猷(yóu)识里达蜡也已20多岁,年富力强,而且经常参与军国大事。由于农民起义以烽火燎原之势迅猛发展,眼看着大元朝岌岌(jí jí)可危,元顺帝的皇后奇氏就打算让顺帝禅位给皇太子,于是朝廷大臣和在外诸将就拥立问题展开了激烈斗争。当时朝廷分为两派,一派是以右丞相搠(shuò)思监和驻军太原的大将扩廓帖木儿为首支持皇太子夺取帝位,一派是以御史大夫老的沙和驻军大同的大将孛罗帖木儿为首反对拥立皇太子夺取皇位。

正是1363年,也就是在朱元璋与陈友谅鄱阳湖会战这一年,反对皇太子夺位的老的沙弹劾皇后奇氏非常宠信的宦官资政院使朴不花等,从而惹恼了皇后和皇太子。这对母子随后在顺帝的面前说了不少老的沙的坏话,但老的沙是元顺帝的母舅,顺帝不忍责备,就封老的沙为雍王,命其回乡养老。老的沙非常气愤,但也没有办法,就想回乡。这时,他的好友知枢密院事秃坚帖木儿由于不满顺帝所为,也有意告老还乡,就与老的沙商量一起到大同孛罗帖木儿处去看一看。

　　老的沙和秃坚帖木儿到了大同，见到孛罗帖木儿之后，把事情经过一说，孛罗帖木儿也非常气愤，于是就留两个人在军中小住。这个事情被搠思监和朴不花知晓以后，两人向朝廷奏本，诬告老的沙藏匿在孛罗帖木儿军中图谋不轨，要求朝廷颁诏解除孛罗帖木儿兵权，削夺他的官爵。皇帝准奏，并派使臣前去颁诏。

　　孛罗帖木儿听了诏书，知道这必定是皇太子和权臣搠思监所为，以此为理由报复他们反对拥立太子夺取皇位。孛罗帖木儿也是朝廷重臣，又有兵权在握，哪肯受命，当下就叫人把使臣拿下斩了。紧接着就命秃坚帖木儿发兵直向京城。

　　秃坚帖木儿率领大军出了居庸关，早有人飞报朝廷。朝廷立即派知枢密院事也速、詹事不兰奚领兵迎战，结果这二人双双被秃坚帖木儿击败。朝廷得到情报，知道战事不利。皇太子非常恐慌，秃坚帖木儿若是打进京来，是不会有他的好果子吃的！为了保存性命，太子便带着侍卫亲兵慌忙地向古北口逃难去了。

　　秃坚帖木儿乘势直入，率兵到清河列阵，朝廷上下人人惶恐。元顺帝没有奈何，只好派国师达达劝秃坚帖木儿罢兵。秃坚帖木儿说：“罢兵不难，只要将奸相搠思监、宦官朴不花送到军前，我就退兵。”达达回报，急得顺帝没法，不得已如约而行。秃坚帖木儿见了两人，也不问话，立即命令军士将他们砍死。随即引兵入建德门，向皇上痛哭流涕，并直称自己有罪，顺帝安抚他一番后，授其为平章政事，并恢复孛罗帖木儿的官爵，加封太保，仍镇守大同。秃坚帖木儿这才退兵离去。

　　再说皇太子爱猷识里达腊，在古北口听到秃坚帖木儿退兵了，才敢回京城。他对孛罗帖木儿发兵京城，犯上作乱的行为很是不满，更让他痛恨的是杀了他的同党搠思监、朴不花。于是他就下令给扩廓帖木儿，让他讨伐孛罗

帖木儿。

扩廓帖木儿驻军太原，向来与孛罗帖木儿不睦，互相仇杀，已有数年之久。扩廓帖木儿接到皇太子命令后，心想这正是报仇的好时机，于是立即调集人马，征讨孛罗帖木儿。孛罗帖木儿闻讯，一方面留兵坚守大同，一方面自己亲率大军和秃坚帖木儿、老的沙再次进攻京城。一路上又是势如破竹，直打到建德门外，太子一看大事不好，早就逃出京城，往太原见扩廓帖木儿去了。于是，孛罗帖木儿驻兵建德门外，和秃坚帖木儿、老的沙进宫见皇上。皇上在宣文阁接见了他们，孛罗帖木儿哭诉自己没有罪。皇上何尝不知道皇太子的用心，是想逼自己退位，太子好即位，因此皇上也哭。君臣哭罢，皇帝赐宴招待。并颁诏任命孛罗帖木儿为中书左丞相，老的沙为中书平章政事，秃坚帖木儿为御史大夫，他的部属都列居显要职位。不久，升孛罗帖木儿为右丞相，节制天下军马。

孛罗帖木儿自掌握朝廷的军政大权以后，每日饮酒作乐，荒淫无度，并且飞扬跋扈。更有甚者，居然敢把皇后囚禁起来，惹起朝廷上下人人愤恨。1365年，元顺帝密令威顺王和尚，招勇士上都马、金那海、伯达儿等，事先埋伏好，待孛罗帖木儿入朝，伯达儿自众人中跳出，持刀向孛罗帖木儿砍去，孛罗帖木儿不防，正中胸口，当场死去。然后又尽杀孛罗帖木儿党羽，包括老的沙、秃坚帖木儿等。大权统归扩廓帖木儿，但这时元朝已行将灭亡了。

枢 密 院

枢密院，唐、五代、宋、辽、元代的官署名称，主要掌管军政。元代，枢密院主管军事机密事务、边地防务，并兼禁卫。战时，在重要战场设行枢密院，作为枢密院的派出机构统辖一方军政事务。

元朝覆灭

　　元顺帝诛灭孛罗帖木儿以后，派人带着孛罗帖木儿的人头到太原召太子回京，命扩廓帖木儿率军护送太子返回。在返京的路上，扩廓帖木儿曾接到皇后奇氏的密信，令他率兵拥太子入城，要顺帝禅位。结果扩廓帖木儿并没有听从皇后的吩咐，到京城后遣返军士，只带了数名随从进入京城。扩廓帖木儿的不合作，使得皇后和太子二人对其非常怨恨。虽然元顺帝任命他为丞相，并赋予军政大权，但由于皇后和太子的掣肘，使其并不能按自己的意图行使权力，于是扩廓帖木儿奏请顺帝离开京城领军出战。顺帝准奏，并加封其为太傅河南王，负责陕、晋、冀、鲁等省的军政事务。

　　扩廓帖木儿离开京城后，就命令受他节制的各路将军派军队随他南下进攻起义军。结果，陕西参政张良弼首先拒命，因为张良弼曾经和扩廓帖木儿的父亲察罕帖木儿之间有仇怨，所以不肯接受扩廓帖木儿的命令。于是，扩廓帖木儿以镇将不受调遣，不便讨贼为由，派兵进攻张良弼。不承想，张良弼联合关陕地区带兵将领李思齐、孔兴、脱列伯诸人组成联盟，共同抗击扩廓帖木儿。

　　就在北方的元朝诸将互相争战，无暇他顾的时候，朱元璋在江南从容不迫地先后消灭了陈友谅、方国珍、张士诚等人，将江南的地方割据势力一网打尽，同时也扫除了北伐的后顾之忧。于是 1367 年 10 月，朱元璋正式下令北伐，并发布讨元檄文。在宋濂 (lián) 等人草拟的讨元檄文中，提出了"驱逐胡虏，恢复中华，立纲陈纪，救济斯民"的口号。同时更指出蒙古、色目等民族虽不是汉族，但只要愿意臣服，就可以与汉人享有同等权利。这也表现出朱元璋较为开明的民族政策。然后朱元璋的 25 万军队，由徐达和常遇春率领，浩浩荡荡杀向北方。

大军由淮安北上,首先攻取山东,一路上徐达率军先后攻占沂(yí)州、峄(yì)州、般阳、济宁、莱州、济南等地,元朝军队往往是望风而逃,不战而降。1367年12月,徐达率军进入济南,明军占领山东全境。消息传回应天,朝廷振奋,看到推翻元朝指日可待,中书右丞相李善长率领百官奏请朱元璋正式建国称帝。于是在1368年初,朱元璋在应天府奉天殿即皇帝位,建国号大明,年号洪武。

朱元璋在应天称帝的时候,北伐军并没有停下脚步,而是继续前进,按原计划进取河南。明军先是入虎牢关,大破脱因帖木儿,然后乘胜攻入汴梁。李思齐、张良弼等多次接到元顺帝诏书,令他们出潼关抵御明军,但他们拒不听命,到明军进入河南,才不得已率兵驻守潼关。结果明军突然杀到,放起一把大火,将张良弼营兵烧得焦头烂额。明军占领潼关之后,朱元璋赶到汴梁,下令停止西进,并召集军中将领开会,制订计划,北伐大都。然后徐达率领诸军北上,破卫辉、广平,在临清与山东明军会合后,急速北进,破长芦、直沽,进据通州。

通州陷落,眼看大都也将守不住了,元顺帝立即召集群臣,做出了"绝不能重蹈北宋徽钦二帝覆辙"的决定,打算不战先逃。左丞相失列门、知枢密院事黑厮、宦官赵伯颜不花等极力谏阻,赵伯颜不花痛哭道:"天下是世祖的天下,皇上应当死守啊,怎么能轻易放弃?我愿率军民出城拒敌,恳请皇上留守京都。"顺帝已经吓破胆,当然不听。7月28日夜间,元顺帝最后看了一眼元宫的正殿"大明殿",然后就带领皇后、皇太子等人开建德门,出居庸关,逃往上都方向。8月3日,徐达率明军攻入大都城,元朝灭亡。

虎 牢 关

虎牢关,位于河南省荥阳市区西北部18千米的汜水镇,因传闻周穆王曾将进献的猛虎圈养于此而名虎牢。虎牢关南连嵩岳,北濒黄河,山岭交错,自成天险,大有一夫当关,万夫莫开之势,为历代兵家必争之地。